跳島練習
石曉楓——著

輯一——小寫的我——

輯二——一步一沙漠——

輯三——又冷又透明——

輯四——純真年代——

輯五——世界上所有的道路——

輯六——來自心海的消息——

推薦序

勇於脫韁的不羈俠女——石曉楓《跳島練習》讀後

廖玉蕙

這本書裡所有收錄的文字，整體歸納起來，約莫遵循不間斷的思辨與慈悲情懷的兩大準則。從小學校園生活的天真爛漫，寫到中壯年的困惑、掙扎與反思。身為大學殿堂裡的教授，在家庭與職場間反覆移動，回顧過往、凝眸現在、瞻望未來，筆下總夾帶著生命中無法識透的疑惑和深摯的寬諒、同理的情懷。時而天真浪漫、時而機靈輕快，更多的是猶疑喟嘆與叩問求知的動機，最終回歸為人師表的思辨養成歷程與虛懷若谷襟抱的實踐。

常在臉書上看到曉楓和學生互動，毫無間隙的親暱與爽利中潛藏奇異的纏綿，學生顯然視她如姊，「仙女」的稱謂道盡她一路走來的教學所贏得的亦師亦友的信任關係。這樣的養成從本書的首輯「小寫的我」就可見其端倪。

書中一起始就是往事歷歷，一個聰慧嗜讀的小小身影在校園裡穿梭如蝶，她的懷舊文章歡快入乎其內又冷靜旁觀出乎其外；沒有忘記難堪的傷口，但更記住了師長扶持關愛的溫暖。曉楓的童年看來有滋有味、繽紛多彩，那些啟蒙的老師，多年後重回她的筆下，無論親切或涼薄，形象都躍然紙上，讓人不由得也思想起自己的寂寞或歡快的童蒙時光。

年紀漸長，內心單純的心思，逐漸變得複雜，不只情感糾葛，更勾連上外在的時代風暴。曉楓回首諸多的掙扎過程，在蘊藉模糊的吞吐中，暗藏女性主義的獨立宣言。幸而對文學、藝術、美感的浸淫與修持，讓她得以倚仗著在某些難過的關卡上險險度過。偕行的人生不怕寂寞，但懼行路顛簸不平；在生命的躁動時刻，電影裡的情感傷痕往往能深深觸動她，相信也稍稍撫平了些許傷口。

她不但摹寫個人心事，也著墨時代翻天覆地的改變與傷痕，九二一地震震出婚姻的裂痕，赴日旅遊的火山爆發也引發她對母職神話的沉重反思；但儘管曉楓已然帶著叛逆心情奔往他方，故鄉金門浯江街的斑駁古屋與老樹卻依然屹立，它成為心頭的永恆。

因為世事無常，所以，她經常逡巡在文學、電影與音樂的道路上。她旅遊時不忘參觀美術館，時常浸淫在音樂中，老想著如何在教育現場有效傳達文學的閱讀與創作訣竅。書裡最讓我動容的，是人物的刻畫，寫親人、老師，也寫學生。其實，我認識曉楓是從她的文字始。二〇一三年九月，她在聯副發表的一篇題為〈如果，你有一名窮親戚〉的文章，引起我的注意。後來，我在幫親子天下選輯《晨讀10分鐘——親情散文選》時，便毫無猶豫地將該文收入其中，欣見這篇文章也收錄在本書裡。那是一篇紀念伯父的散文，我在導讀裡是這樣寫的：

本文從伯父的告別式寫起，全文色調凝滯，像褪色的老相片，濾去所有色彩，只剩光影黑白。作者回敘時，情感上或有不應淡漠的不安，理智上卻明白死亡只是一條回家的路。

伯父的身世堪憐，是從廈門買回的養子，逃學放蕩，討錢惹禍，甚而遠離故土，懷抱著掙錢翻身的大夢，卻一生在底層泅泳，只盼能掙一口氣。追根究柢，作者志不在摹寫伯父而已，志在拿捏親戚間的親密與生疏，以幾次和大伯父進退失據的互動為例，慨歎人際關係的幽微與艱難。

大伯父粗糙的關愛方式，或讓姪女感到尷尬，或讓她備受委屈。斥責年幼的姪女自私，讓她抱著彩色鉛筆盒淚眼汪汪，有口難辯；自己卻不顧弟弟一份薪水要養五口之家，伸手要錢，只為買個大夢。聽聞姪女遠道來臺，不待她自舟車勞頓中緩過氣，立刻魯莽奔至，領著她投入白雪公主的幻夢裡，卻又讓她夾在大伯母的吃味中難堪失措。

可想而知，作者是在其後經歷多少人世滄桑後，才能了然自己當時的乘風破浪翩臨，對離鄉背井的伯父而言，無異故土芬芳枝芽的伸展，填補了他生命中缺失的空白，就如小堂弟幼稚園的畢業照般，都在靜靜宣示伯父的過去與未來，隱隱然是一種家族命脈傳承的宣告。這時，作者才能釋懷地寬慰自己：

「這是伯父粗拙愛心的表達，在霸氣、闊氣中掩藏著不願被人瞧不起的辛酸。」

告別式裡，作者繞棺而行，看著瘦小灰敗的遺軀，回顧大伯生平之餘，忍不住嘆問世間功課，如何才能無愧無憾。文末的提問，與其說是猶豫難安的反問，不如說是，對生命輕賤、枉然與命定的慨歎，是人世的大哉問。

她就是用這樣溫柔悲憫的視角來看待眾生。她鮮少像許多心裡只記掛菁英學生的老師，她對孤獨的靈魂特別關注。到韓國擔任講座，眼睛對上的不是資優生，而是脫北前來的學子誠惶誠恐的眼神。他們孑然一身，從頭學起，境況甚至朝不保夕。她在國內教學，特別掛懷的也是渡海前來取經卻提前從世間離席的孤單身影。

總之，她是律己甚嚴、求知若渴的老師；也是對師長執禮甚恭，卻不是唯命是從、不問是非的學生。書中除展示專業的文學根柢，也透露她旁徵博引的多元涉獵。她表象溫和、禮數周到；但內心狂野、銳意追求自由並照顧弱勢，從文章中我們看到一位勇於脫韁、不被體制馴服的不羈俠女。

推薦序

憑烈勁跳島

楊佳嫻

想起曉楓，就想起酒。金門高粱斟在小玻璃杯裡，清透，醇香，倒進喉嚨卻湧起一股烈勁。

把一位女性朋友跟食飲之物並論，難免輕浮。不過曉楓確實來自金門，又確實能酒。學生們愛她，以仙名之，但這可不是形容她虛飄飄踏雲去。相反，是靈魂裡藏著金燄，早早就具備燃燒與受傷的能力，這能力有重量，尖銳，像溫德斯《慾望之翼》中天使流的血。這能力督促她寫作，成為好的文學研究者與教師，能體察文本與青春生命摺到最裡面去的暗影。

在最新散文集《跳島練習》裡設定了六輯：「小寫的我」追憶金門高中時光，「一步一沙漠」寫成年後的種種聚散，「又冷又透明」的焦點顯然是婚姻內景和燼餘，「純真年代」再度返回金門，聚焦於文學與藝術的火種與伏流，「世界上所有的道路」寫旅行與人事，「來自心海的消息」則收錄了石曉楓與阿盛、凌性傑兩位創作者的對話。文字引領，讀者可以撫觸到那股烈勁。

家鄉是根源，也是塊壘，《跳島練習》以此起頭。早熟女學生想飛出氣悶海島，只能先透過文學與藝術另闢呼吸空間，任何外來消息，任何陌生顆粒，任何一點點不應該，都足以撩撥。「小寫」卻仍有「我」，撩撥引致的反應，都讓「我」更明晰。

青春期最意識到的就是身體吧，自己的身體，他人的身體，成人的身體。身體也為難捉摸的情感賦形，因此有了線條，顏色，氣息。〈國文課〉寫暗戀國文老師，即使考最高分仍受罰，也視為特別對待，感覺「多麼痛的表白，多麼熱辣的愛之狂喜」。身體一向是社會裁量的對象，動輒得咎的管束生活，單一秩序至上的時代，女性身體太突出固然有問題，男性身體姿態太曲折恐怕也受非議，〈唱遊課〉就描寫學校內某個數學老師，行路如楊柳，喜歡女性化舞蹈，所謂「查某體」，示範性別表現的曖昧。

為了一絲美和痛、幻想和逾矩、顛覆和批判，就好像稍稍飛離地面幾公分的年歲裡，即使困惑，也願意相信——夏宇詩中說的，「有一天醒來突然問自己／這就是未來嗎／這就是從前／所耿耿於懷的未來嗎」——或許想不到日後仍會掉進最惱人也最尋常的難題。〈餘震〉寫世紀末臺灣的大地震，也寫和那場地震一同暴露出來的婚姻內傷，一個女人無論讀再多書都可能陷落於那結構性位置：被審視、驗證，作為妻子你合格嗎？作為母親你達標了嗎？你的自我將被抹消，你的世界不應當超過廚房、餐桌和嬰兒床，言談要符合你的性別與身分在倫理階序中的位置。〈一日〉中女人再度回到廢墟般的家，「繼續吹出一個又一個再也無人追逐撲打的泡泡」，這反覆往返令人困頓；〈臨界之旅〉裡夫妻為了緩和關係而參加短程旅遊，異國燈與雪，仍難提供「我又回得了傳統無怨的母親角色嗎」確切解答。〈餘震〉那句「你就是讀那些女性主義讀壞了」，天知道女人讀到那些令她們振奮的想法，四壁動搖，重新穩住，到真要打開門走出去，這中間的道路布滿荊棘，遠如天涯，門外，則還有別的荊棘與天涯。或許也憑著那股烈勁，終究跳出廢墟，跳出將女人囚如孤島的婚姻，不活在灰色泡泡裡。

書中曾形容年少愛情就是「永遠無法安穩撐住龍頭，也沒有堅固後座可以安居」（〈腳踏車〉），只是當你我行到中年，才發現，長大與年老，都不保證穩固，命運和心有時候悖道馳去，有時候宛如惡作劇雙簧。氣力與耐性有限，奮勇不能持久，恨愛定義模糊——那個跳島預備展開新生活的少女，多年之後，是否感覺仍在一塊塊浮島上極力維持平衡，摸索跳躍力道？或者，如〈熟女生日感言〉所説「此刻，我只想要靜靜的生活」，自己就活成一座島，收納溫暖海水，把搖蕩刻進泥層。

輯一

小寫的我

教堂的椅子

寫完碩士論文那年，在層層疊疊的疲憊裡，我返鄉度過了一段暑期時光。

疲憊感並非源自於論文寫作過程的艱辛，更多是職場上人事的轇轕、理想的質疑以及情愛的糾纏。我渴望遠離臺北城、遠離所有狀似無解的習題；我以為回到故鄉可以重拾心靈的澄靜，卻未曾意識到，真正離不開的永遠是紛擾之心。

長日午後，整個小鎮躺在昏沉的午寐裡，室內闃寂，唯聞輕微鼻息，小黑狗懶洋洋趴在巷間陰涼的小水溝旁，我躡手躡腳打開面向巷子的側門，從牠身旁走過，牠眼皮都不抬，逕自打盹著。多麼無聊的閒居時光哪，曲折的小巷弄左迴右轉，玉蘭樹下我呆呆駐立了半天，濃郁的花香帶著些微腐敗的氣息，彷彿青春軀殼裡早衰的傷心。再往前行，小巷盡處通往空氣鬱濁的城鎮車站，一點也不願稍作停留，我立馬跨過馬路，回到兒時最初居處遊蕩的托兒所。

育英托兒所初始籌辦的前幾年，小阿姨任職其間，拜天時地利人和之便，我兩三歲便被「託管」了。在托兒所裡都玩些什麼呢？當然全無記憶，只在日後的家庭相簿裡，曾經見過一張我穿著繡上「育英」大大二字的圍兜，在托兒所教室外拍的照片，當時被外籍神父抱在懷中，我斜舉右手笑得靦腆，後方教室則簇擁著一群孩子，好奇地張望著窗外，每個嘴巴都笑咧咧、眼珠子全調皮地閃亮著，彷彿要從黑白照裡一個個蹦跳出鏡。

托兒所右手邊就是金門耶穌聖心天主堂，「育英托兒所」正由其籌辦。我與天主堂唯二的牽連，除了托兒所時光，再有就是國中時代，當時大妹與一幫小夥伴，熱衷於參與費峻德副主教剛開設的英語會

外觀重新粉刷過的金門耶穌聖心天主堂（石士節攝）

話班，據説副主教用意是為了平衡地區學校太偏重筆試、輕忽會話的教學傾向。我雖心有所動，卻遲遲舉足不前。我曾上二樓找過妹妹，那清簡的讀書室裡擺設的雕像、牆上各種耶穌掛圖，莫名令人產生排斥感，一如此刻，年少自詡無神論的我在教堂前難免徘徊。

這棟自小看慣的天主堂建築，外觀十分簡約，純白的二樓本體四周鑲嵌著咖啡邊框，除了「天主堂」牌匾及屋頂上的白色十字架，再無多餘的建築語彙。室內的色調亦相當內斂，聖堂裡的十字架與座椅全為棕色調，祭壇前的罩巾亦為同色系。走入教堂，在烈焰灼人的午後，那乳色牆面與黯淡的寒色系陳設，竟意外讓空間產生了一種陳舊的陰涼感，這讓我心安。我長久坐在教堂座椅上，聽著屋外隱約的蟬鳴，除此之外別無干擾。我低眉澄靜心思，良久，又抬眼望向前方，與祭壇前的讀經臺遙遙相對，這座椅的擺置彷彿構成了一種告解的氛

天主堂內部的棕色座椅（石士節攝）

圍，但我不願理會這種相關位置所暗示的對話論述，只任無邊的空曠將軀殼輕輕包裹。

不知過了多久，傳來輕輕的腳步聲，是副主教從祭壇左前方出現的身影，他緩緩走近，笑容裡有溫暖的密度，在陰涼的空間裡蕩成另一個包覆的小迴旋。他什麼都不說，只問我回家了嗎？歡迎返鄉，他說，我開車帶妳出去兜兜風吧。

直到傍晚，我果然在駕駛座旁，與年近七十的副主教遛達了數個祕境。重回天主堂時，疙疙瘩瘩被撫平了一些。然而我始終難忘的，是午後那神異的一刻，獨坐教堂裡，撫摸著棕色座椅，那些跟我內心一樣疙疙瘩瘩的凹凸起伏、木質紋路裡隱藏的時間夾縫令人感傷，那究竟意味著什麼呢？滄桑、壞毀抑或是懷舊？而在彼時手指的撫觸裡，我確實感受到了教堂座椅溫和而長久的等待，不管等待的是旅人，還是十餘年前叛逆溜過它身邊的孩子。

——原載二〇一八年八月二日《金門日報・浯江副刊》

腳踏車

高中校門入口左右側，記得曾搭建一簡陋的車棚，供學生停放腳踏車之用。無數個晴朗的清晨裡，當步入校園、轉進側排教室那一瞬間，我會為陽光中閃耀的車陣群短暫迷醉。有時，那是斜射入車棚的一線神異之光；有時，那又是柔和鋪滿水泥地的一整片暖暈，氤氳的微塵盪漾在空氣中，有些令人暈眩的漂浮感，在瞬間恍惚裡，陽光打在數十個輪軸上，與地面錯落的陰影相參差，形成繁複美好的弧形；而那車座前安嵌的塑料籃子，廉價質感在光影中也轉為清晰的幾何線條，磊落、潔淨，且充具正直的美感。車棚裡所有左右傾的龍頭、車前燈、搖鈴乃至於破舊的座墊，都體現出金屬色澤的工藝美感。當然，黃昏漸至的放學時分，它們將會如灰姑娘般現出原形，但至少此刻，晨曦中的腳踏車陣體現出的，就是青春的燦亮與上升，不可阻擋的還有莽撞與冒失。於是我常偷偷注目角落另一臺敝舊卻散發著溫潤色澤的黑色座墊老車。

那裡頭有我青春的祕密，我厭惡那些每逢下課便群聚二樓教室欄杆前的大男孩，他們喧嘩打鬧，對著行過走廊的女孩們大吹口哨；他們躁動不安，如車棚裡那群小獸般蓄勢待發；他們自以為昂揚帥氣，有男孩情書裡且夾雜著「你走過樓下時髮正飄飄，如風中旗幟」一般笨拙的修辭。他們真的很煩，而那厭煩的對照性，來自於青春期女孩們心底暗自戀慕的，大約都是成熟穩重的男老師們，他們同樣以腳踏車代步，但手扶車把、緩步徐行於校園內外時，格外有種神祕雍容的氣質。放學後，他們也三五成群談笑風生，那閒聊間唇邊神祕的一抹微笑，大約可以讓女孩們心蕩神搖個好些時日。

曾有幾個晨昏，在不期然或竟是

金門高中車棚內停放的腳踏車景觀（金中圖文館提供）

刻意營造的「偶遇」裡，老師牽著他那臺安靜、忠誠而平穩的老單車，陪我走過一段路途。長大之後讀到王安憶的成名作〈雨，沙沙沙〉，明知道時代語境相差千萬里，我仍忍不住沉浸於女主角雯雯的情感世界裡，我可以理解雯雯在陽臺下、樹影中那雙尋找的眼神；我可以理解雯雯坐在偶遇的年輕人後座時，「雨濛濛的天地變作橙黃色了，橙黃色的光滲透了人的心」那種幾疑夢中的暖意與狂喜。夢想總是美好的，但它會被莽撞的小獸所打破，一旦走入校園，前方教室欄杆前群聚的男孩們反覆響起的口哨聲，以及伴隨而來的戲謔呼喊，總令人窘到無地自容。

後來那人影漸漸淡去，我也開始學習踩腳踏車上學了，且逐漸有女伴相隨。放學後成群車陣在校門口接受突擊檢查的情景，同樣令人難忘，學生們牽著腳踏車魚貫而出，某天傍晚，教官便會出現在校門口，隨機檢測車況，包含煞車性能、輪軸運轉、車胎充氣狀況等。記得當時戰戰兢兢行過教官面前時，他帥氣地一揮手，顯然暗示好學生享有特權——即刻放行。殊不知這一特權數天內便被重重打臉，午休後我騎著單車獨自返回學校，行經陡坡前瞬間煞車失靈，單車一路朝下坡狂奔，最後撞上的，正是前方同樣準備到校的訓育組長所騎乘之機車。尖叫、翻覆、摔傷那都是餘事了，再也沒有比那回更悚然的經驗，從此我再不騎單車。

然而捨棄了單車又如何呢？年輕時的我終究一路跌跌撞撞，在愛情面前不是執拗到煞不住車，硬逼自己衝到懸崖邊，便是索性玉石俱焚，跌得粉身碎骨。這就是青春，永遠無法安穩撐住龍頭，也沒有堅固後座可以安居的青春期愛情。

——原載二〇一八年五月二十八日《金門日報・浯江副刊》

古物

師大商圈的泰順街小巷弄裡，曾有過一家名之為「廣生食品行」的餐廳，裡頭的上海菜飯相當有名，但更引我注意的，應該是形形色色的古董家具，據説都是歌手張信哲私人蒐藏。每回進餐廳吃飯，那些擺設總以似曾相識之感，逗引著我回憶過往眼中所目擊、鼻腔所嗅聞的諸般氣味與色澤。

每個家庭裡，大約總有些捨不得丟棄的古物吧，現今還寶藏在金門家中的，便是一座古老的掛鐘以及一架梳妝臺。掛鐘始終被置放於頂樓神明廳。我曾有過一段與神明共處、冬夜苦讀的學生時光，彼時老家尚未翻修，頂樓寒涼簡素，那是水泥砌就的加蓋房舍，地面鋪的尺二磚泛著古舊的暗紅色，磚與磚大塊的縫隙間，偶爾還會因我貪嘴而引來蟻群走竄。大學聯考前夕，為了避開八點檔屬於全家的連續劇時光，母親建議我帶著桌燈到頂樓讀書，那裡安靜不受干擾，她說。由冬至夏，我在神明與眾祖先背後的凝視裡，就著一盞小燈，度過每個週間夜晚。常常在專注埋首於演算數學習題之後，一抬眼，牆上老掛鐘的指針已然走到凌晨時分；也是在鐘聲與炮竹聲的催促裡，我跨過年與年的交界。

至於老式梳妝臺則被擺置於二樓祖母的房間裡，伴隨著它的，還曾有個洗臉盆毛巾架。幼時家中弟妹們逐一報到後，有段時間我被指派與祖母同房，祖母房裡有股特殊的氣味，來自梳妝臺上那罐圓扁盒裡的髮油；而妝臺也彷彿被髮油浸潤般，木質表面充滿光亮的色澤。在我身高所能搆著的範圍內，妝臺下層幾個小抽屜簡直像月光寶盒，裡面藏著的什物色色讓我感到新奇。至於檯面上方那橢圓形大鏡、木紋雕飾以及兩側如小欄杆般圍就的奇妙空間，對我而言就是仙境。常常晨間賴床之際，我偷眼覷著祖母坐在妝臺前，抹上髮油，拿著把篦梳，對鏡仔細在

祖母的老式梳妝臺

家中的古老掛鐘

後腦勺盤出一個緊小的圓髻。祖母身上穿的，恆常是斜襟盤扣直統式長衫，夏天是灰藍色，冬天的藍則深沉些，那衣著、髮式與梳妝臺融為一體，在我腦海裡串組成老的意象，老而有味，膩香的髮油在空氣中清晰可聞。

祖母為人謹飭，反映在裝著上亦然，日後曾聽聞母親提及有回她梳理完畢出門買菜，途遇街坊鄰居提醒髮鬢微亂，祖母返家後面帶不悅，斥責媳婦未幫她留意，以致出門失禮。這樣的祖母，即令日後臥病在床，對自我的外貌仍相當在意。我始終記得攻讀博士學位之際，祖母病篤，我從臺北趕回，走進小時候最熟悉的房間，嗅聞數十年不變的髮味，一時有些恍惚。躺在床上的祖母已然非常瘦小，但她神智猶清醒，指著牆上的掛鐘說，我一直在看時間等妳，飛機延誤了很久啊。回身一望，頂樓那座掛鐘，不知何時已移置祖母房內，老鐘、老梳妝臺與老人，在冬日冷肅的空間裡格外令人神傷。祖母舉起她的右臂在空中揮舞著，她對著孫女喃喃：妳看，阿嬤變這麼瘦了、這麼瘦了⋯⋯，那是我耳畔最後的祖母音聲。

祖母過世後，掛鐘重新回到頂樓，但神明廳早已煥然一新。梳妝臺則因擔心木料受蟲蛀蝕，家人將之重新髹漆，也失卻原來的古樸風味。然而恰恰是情感記憶猶如蛀蟲般，陰魂不散地啃蝕著我，我常想起祖母挽髻的手勢，手中那把木篦，以及愈來愈小、愈來愈稀疏的髮髻。彷如鏡中倒影，它凝結在記憶中；也一如老掛鐘始終停留在九點一刻，時間的收納就此凝駐封鎖，彷彿允諾了永恆。

——原載二〇一八年十月二十八日《金門日報・浯江副刊》

縫紉機

襁褓中未知世事的我，是否曾對「蹬等、蹬等」的踩踏聲有任何反應呢？我想應該是興奮地坐在竹編母子椅上手舞足蹈著，對視線前方那臺舊式縫紉機滿懷興趣吧。那時年輕的母親蓄著俏麗短髮，正俯首專心繃緊手上的布料；她的右腳踩動下方的踏板，蹬等、蹬等，蹬等、蹬等，那聲響暗示我切莫煩躁，等一等，母親一會兒便會將我抱起，只要手中的工作完畢。

「剛從阿謹那邊拿來西裝褲的第一天，我只做了一件，工錢八元。後來熟能生巧，一天可以做八件，每件要車四個口袋加上暗袋。如果拿回來趕工的是警察西褲，就得多車兩個口袋蓋口，一件可以多賺兩元。」這麼瑣碎的細項，在事隔將近半世紀之後，母親記憶猶新。

那是勝家牌的縫紉機嗎？這點倒是不記得了，但即令幼小如我，對當時縫紉機擺放的位置仍有印象，也還記得機子下方那黝黑的輪盤、皮帶優雅的轉速，以及縫紉機上齒輪般大小被帶動運轉得十分絢麗的圓軸。有時，所有精巧的設計又會被收藏起，瞬間縫紉機變身為一只沉靜的木桌，桌面略略隆起，彷彿因承載了一家子厚實的盼望，以致佝僂如老者。

當時的金門婦女，應當不乏各種家庭手工業式的營生，至少日後我曾在同學家中，見識過剖蚵媽媽們的快手陣仗。而母親則是在晨起操持過家務後，轉身拿起半成品便走向縫紉機，開啟一天的戰鬥模式。為何選擇這門手藝呢？母親說她少女時考上車掌小姐，後來被同在金門公車處任職的父親追求，

現存母親娘家的縫紉機（吳俊儒攝）

論及婚嫁前便辭去了工作，遠赴臺中學習洋裁。那是新嫁娘日後準備貼補家計的才藝囉，很有遠見嘛我說，一邊心裡揣度著該不會嫁妝就是縫紉機吧？一九六〇年代末，當時臺灣本島的產業發展應當也由農業轉向了輕工業，雨後春筍般小工廠林立，工廠置備起輕型機具、聘僱了大量人力，從而催生洋裁學習班興起，應當也勢所必然。這麼說來，母親赴臺學藝，彷彿又帶了點引領時代風騷的況味。

我不免又憶起當年縫紉機旁尚有個布面平臺，上面擺放著諸多小物件，剪刀、線軸、布尺、直尺、粉塗、珠針，一應俱全，說不定兒時穿戴的衣物也是母親手筆。每逢母親回娘家、我們去山外找外婆總是件大事，我清楚記得在走往金城車站的小巷弄間，母親手挎著提包、身著窄裙高跟鞋，嬝娜行在前頭引領我們的樣子，她身材嬌小，搖曳生姿。那時，我和妹妹身上永遠是一式同款的大小洋裝，有時是荷葉領橫條紋款式，有時則是紅白格紋蓬裙襬，屁顛屁顛跟在年輕母親後頭的傢伙，總以為自己也是小淑女了。日子有種節慶的歡愉，那些秀氣的剪裁，至今彷彿還緊貼我腰身；那些棉或麻的質感，在回憶中彷彿仍撫摩著我肌膚。

母親說她在「遠東西服號」幫襯了八年的西褲加工，從最初至浯江書院對面小巷內拿西褲，到店面搬遷到中正國小對過樓房時，她還持續著每週領西褲回家車縫的慣習。那是母親輝煌的手工業時代。日後，我在臺北的其他家庭中，偶爾還見識到同款的縫紉機，擺放在家庭空間裡類似的角落，而使用者多半是年齡相仿的初老婆媽，在那個年代，縫紉衣物曾是每名新嫁娘補貼家用的活計吧。

蹬等、蹬等，在無數街巷昏沉的午後，凝滯的風伴隨著額間微微的閃光，年輕母親一邊揩著汗珠，一邊持續腳踩針車的律動。那也許是她生命中最珍貴的時刻，唯在那靜美的小段辰光裡，她可以理直氣壯地支配金錢。縫紉機與母親之間因此體現出一種革命情誼、一種情感的密度，那便是它存在最無可取代的價值。

——原載二〇一八年六月二十八日《金門日報・浯江副刊》

床頭音響

臺北的KTV歌本裡曾經有過一段時期，主打「三年級生」、「四年級生」、「五年級生」等懷舊系列歌單，某回，在與師長前輩同歡的場合裡，我翻看各年級金曲，居然每階段都能隨機點唱一首。老教授驚詫莫名，他們不知我對其年代專屬歌曲的熟稔，源自於從小耳濡目染，在父親嗜聽的音樂裡浸淫與成長。那一刻在狹小的KTV房裡，我明確感受到懷舊老歌正以一種穿越性的言說模式，完成了父親與我、我與師長之間時代的重疊，以及流行文化的交響。

總是在假日的清晨時分，我們兄弟姊妹會在「送你送到小村外，有句話兒要交代，雖然已經是百花開，路邊的野花你不要採」之類的輕快旋律中醒轉，那是父親的床頭音響裡傳送出的聲音，透過其時家中非常簡樸的木板隔間，從最裡間的主臥室，行經我和妹妹分睡的上下鋪，繞過外間弟弟的臥室，最後抵達客廳。常常，我睜眼後望著沿隔間頂端砌就的鏤空木飾，久久地出神著，想像歌聲如隱形絲縷般，盤桓於那些雕飾的花草間，隨著大氣翻轉、騰越、飄升，一路旋轉飛舞，終於縈繞了整個空間。

這其實是假日起床號，印象中每個在歌聲裡甦醒的早晨總是晴空朗朗，亮晃晃的陽光將客廳染成明黃色，空氣中跳躍著的音符恍若魔法精靈。略過繁瑣的刷牙洗臉吃早餐等例行公事，我的記憶直接跳接到大掃除場景。是的，在我們家中，週末象徵著一週鬱氣的消除，在姚蘇蓉、余天、張鳳鳳、甄妮、尤雅、鄧麗君、費玉清的歌聲裡，父親開始分派工作，藝高人膽大的我通常負責擦拭玻璃窗，細心的大

父母臥室裡的床頭音響

妹每每負責電視櫃裡小擺設的安置，至於當時歲數最小的弟弟，則拿起雞毛撣子拂去沙發、茶几上的灰塵。那麼，父親做些什麼呢？父親此時的眉頭舒展了，頰邊也漸漸有了笑靨，他隨著音響中傳來的音樂哼唱，忘情於自己的歌聲裡。過去一週時間，我們看到的父親或是快快不樂地在傍晚時分踏進家門，或是醉意闌珊地在深夜裡踉蹌入屋，他總是憂鬱著，總是無能陪伴家人。直到週末，終於迎來他能為妻子略略分攤家務的珍貴時光，而床頭音響則成了一種信物，歌聲也成為召喚元氣，以及凝聚家庭氣氛的儀式性存在。

那些靡靡之音裡所傳達的愛情與鄉愁，在年幼的耳裡聽來多麼陌生，我們不識岷江夜是何等的風華絕代，不知尤雅的春光被誰奪走、心上人現在何方，亦不明白余天為何頻頻懷念著榕樹下，甄妮眼裡天真活潑又美麗的女孩又是誰？其時牆外的世界，是學校中愛國歌曲的教唱、軍歌比賽的進行，然而牆裡的旋律卻帶出美好的想像，歌聲打開了空間、召喚出節奏，它使得童年週末裡的清晨由內被照亮，煥發出空間裡的亮彩，事物從此有了靈魂與意義。

我想念那個被歌聲繚繞以及掃除清潔的空間，那一切都由床頭音響擔任總指揮。

如今音響早已被棄置，被日後幾度更新的家庭設備所取代，然而因為有了父親的情感寄託，它從此生活於不朽中。

尚．布希亞（Jean Baudrillard）在《物體系》裡曾經提到家具和物品的功能，在於能成為人與人關係的化身，在此意義裡，物品可能成為「家神」。在我看來，那矗立於主臥室床頭的一對木質音箱，那麼樸實厚重，又那麼令人浮想聯翩，它長遠地凝聚了我們的家族關係，它就是我們的家神。

——原載二〇一八年九月二十二日《金門日報．浯江副刊》

那時的公車

那時，公車在午後燙熱的柏油路上，以極大的幅度和聲量空洞地顛簸著，窗外視界裡的田野，被熱空氣蒸騰得晃動不已，透過氤氳的霧氣望出去，牛隻在農地裡找到遮蔭，奄奄地或站或臥著，銅鈴大小的眼瞳裡沒有情緒，只有呆滯而木然的直視。田裡種些什麼，對不識菽麥的我而言完全沒有意義，他們說我是城裡的孩子，其實離島所謂的「城」，也不過是「金城」、「山外」兩個小鎮，而我正坐在從金城往山外的公車上，準備拜訪外婆。假日的車廂裡，一貫擁擠著休假中的阿兵哥，汗味和奇特的費洛蒙分泌穿透迷彩服，絲毫不爽，瀰漫於狹小而悶熱的空間中。

沿途我始終帶著輕微的暈眩感，那些不斷飄來的、輕佻狎暱的眼神教人不安且不快，我後悔一時貪涼穿了無袖洋裝，若是過去由父母帶領著上公車，他們便不敢如此造次，但現在，有口哨聲惡意地襲來，尖利的聲響與氣味相扣相擊相迴蕩，充滿了勇往直前的侵略性。我偏過頭去望著窗外，心裡咒罵著笨牛哪，笨牛。

就在前兩週，軍訓課的戶外射靶練習之後，我收到了字跡歪扭的情書，較諸以往別致的，是裡頭尚夾帶著去年初秋的楓葉，葉片上題著款款詩句。藉楓葉傳情，想是寄件人從制服上所繡名字得來的靈感，然而我壓根兒不記得對方是誰，信裡特別介紹「我是第一天上課五七式步槍大部分解的助教」，信末署名也相當雄壯威武，一望而知就該是個軍人名姓。靶場射擊是我最灰頭土臉的經驗，只記得當日未遵照助教提醒，導致機槍後座力將眼鏡震裂；以及十發子彈射擊完畢後，我的靶上中了十二發，全拜左右射擊手所賜。如此拙劣的「戰績」，委實不願回顧，而天外飛來的信件，無疑再次提醒著那日午後的狼狽。

金城車站的老舊公車

我把情書放在書桌右側的大抽屜裡，書讀累了，便一封封抽出來校正錯別字。我知道除了自己之外，上鎖的抽屜還會被家人打開、檢查、鎖上，然後諄諄教誨著：就要升上高三了，學業比什麼都重要，不要分心交男友哪！必要時，校內教官及輔導老師也會加入勸解行列。我討厭整個小鎮閉塞的氣氛，它們羅織了一張捆縛青春之網，一如此刻令人窒息的午後車廂。我知道這群阿兵哥抵達山外車站後，便會三三兩兩走向撞球室、冰果室、電影院、小吃店，也許還會到舅舅經營的布莊，消費他們的消費，搭訕他們的搭訕，日子為何能過得如此無腦且無趣？絲毫不想隨之起舞，我渴望飛向更廣闊的天空。

後來，我果真離開了小島，上臺北念大學，開展想像中的新生活。一九九二年廢除戰地政務後，金門也逐步裁減駐軍，於是每年的返鄉公車上，阿兵哥愈來愈少見，空氣中不再瀰散著惱人的汗臭與費洛蒙。他們畢竟也離開了我的小島。

年復一年，候鳥式的短暫居停裡，我同樣搭乘著公車往返金城與山外城鎮間，然後來到了那日。那日，公車在冬季空曠清冷的柏油路上顛簸著，窗外寒風瑟瑟，車廂內人語喧嘩，多的是大包小包採購完畢，準備回家煮中餐的婆媽們，只少數幾名身著軍服的阿兵哥點綴其間，他們默默凝視著窗外不發一語，一如青少女時期的我。猛然間，腦海裡閃過一念：這些孩子莫非與我兒年齡相近？回首前塵，原來那眼光那情感，遞嬗轉移間，竟已是滄桑中年了。

——原載二〇一八年八月二十八日《金門日報・浯江副刊》

英文課

我一直記得高中時代的英文老師，開學首堂課，空氣中瀰漫著靦腆與不安的氛圍，闃寂等待中，忽爾響起喀喀的高跟鞋踩踏聲，所有同學都轉身望向聲音來處，從廊外，一名披散著烏黑直髮、側臉線條剛強有力的女教師巍然走進教室。講臺上的她蓄著齊平瀏海，臉龐是健康的小麥色，骨架略大，肩線寬闊，彷彿來自熱帶的封面女郎。她微微仰頭呈四十五度角，轉身在黑板寫下名字，並自我介紹是未來一年的英文老師。她聲調鏗鏘、眼神明亮，有一種不怒而威的特質，強大的氣場令原本安靜的教室更加肅敬，只老師朗讀英文的聲調，與在教室裡往返走動的高跟鞋音響相互應和著。

課堂上，老師持續以朗朗的發音教我們讀單字，Shakespeare，她撮著口一遍遍指導每位同學的嘴型，這是英國最有名的詩人與劇作家，你們以後會常讀到他的作品，一定要記住這人名，她說。有時，她又攜著卡式錄音機一路走進教室，同學們，我們今天來學首反戰歌曲，Where have all the flowers gone，花兒都到哪裡去了？女孩們摘走了。女孩們哪裡去了？都到丈夫身邊去了。丈夫哪裡去了？丈夫從軍去了。士兵哪裡去了？士兵們都到墳墓裡去了。墳墓哪裡去了？墳墓都被花兒蓋住了。歌手是Joan Baez，嬉皮年代以反越戰出名，她說。我返家後反覆吟唱，課堂上，老師補充的詞彙與文法猶在其次，那歌詞充滿迴旋的詩意，悵惘中富含了哀怨的美感，令我深深動容。

還有一首情節曲折的民歌教唱，當時也教人印象深刻。課堂上老師帶著我們，一句句翻譯著歌詞：男友必須加班的晚上，女孩獨自走進電影院，燈光漸暗之際，卻見男人與摯友雙雙走入影院，就坐在正前方。當彼此親吻之際，銀幕外也上演起悲劇電影。這簡直是篇微小說哪。Oh, sad movies always make me cry，當副歌響起，詞裡的悲愴與嗚咽，在歌者略嫌平板的唱腔裡，格外具有穿透力。而老師在當時亦以這些新鮮的教法，旁敲側擊引發興趣，穿透了我們對英文的恐懼。

每個清晨早自習時，我持續傾聽著高跟鞋聲自遠處響起，喀喀、喀喀，那聲響規律、充具分量感，她無視於廊間的安靜，一派天然、毫不靦腆；她行過我們班窗前，走向隔壁的導師班，我在教室裡低垂著頭念書，閉眼都能想像老師仰著頭頂天立地走路的樣子，那是日後的我永遠難以企及的神態。

二、三十年過去了，自高中畢業後，不曾再見過老師。幾年前卻在臺北的尋常巷弄裡，驚鴻一瞥彷彿看到熟悉的身影，我在錯身而過的背後怯怯轉頭問了聲：「是董老師嗎？」她翩然回首，熟悉的模樣竟幾無歲月的刻痕。在喧囂市聲裡，我向她描述記憶裡的高跟鞋聲，她說學生當時都笑稱「無敵鐵金剛」來了，以此調侃自己的壯碩。我沒告訴她，其實當時缺德男生給的綽號，是木蘭飛彈。

仔細端詳，老師的笑容裡當然多了魚尾紋，然而爽朗的氣質與音聲，數十年不變。與老師道別後，隔著時光長廊，我緩緩回溯，那喀喀的高跟鞋聲，又蜿蜒著沿路響起，彷彿一篇綿長的散文，走過歲月走過老師風華正茂的年月也走過我們的青春。英文課的記憶早已漫漶不清了，昔時反覆吟唱的歌聲亦漸渺遠，然而忘不了的是，她曾向初度少女階段的我，展示了怎樣一種女性的自信，以及由此而來的，天然無畏的美感。

——原載二〇一八年十二月二十八日《金門日報·浯江副刊》

音樂課

我們在一日裡最長的課間休息時段，沿著長廊，三五成群往音樂教室行去。校園正中央的花圃區繽紛粲然，與青春的喧鬧笑語交相扣擊，空氣中有鏗鏘的明亮，午後陽光朗照。我們當然也是置身於校園中的一抹亮麗，悠閒踱著步，彼此交換前一堂課的感受，也還沉浸在女孩的話題群裡。然而從葉隙間篩落的陽光，在轉角左拐後忽爾黯淡了下來，所有歡然的吱喳的細語隨即沉落，肅然，靜默，我們像小貓般躡手躡腳，悄悄踮進空曠而陰涼的教室，這是音樂老師位在邊緣的一方領地。

眼睛適應了倏然的暗後，單音從琴鍵間響起，我們這才見到左前方坐在風琴前的老師，她瘦小單薄的身影幾乎整個被埋沒。上課鐘響起了，老師緩緩起身，開場白永遠是深長的一聲嘆息：「唉，你們搬桌椅的聲音就不能輕一點嗎？」恍若深宮裡的女王被驚擾，她一臉不悅，撇著嘴角不斷搖頭。冒犯了，女王，再怎麼小心翼翼，青春的歡悅還是不合時宜地流淌入了深宮。女王百無聊賴地擎起音樂課本，要我們翻到

〈紅豆詞〉頁面識別五線譜，那些蝌蚪在眼前跳躍，像空氣裡有重金屬一下下錘擊著腦門，頭疼啊頭疼，駑鈍的我們簡直是不辨五音的聾者，每個遲疑的指認都換來一聲更重的嘆息。「唉，唉，我女兒識譜的能力都比你們強。」是的，我們都知道此刻挺著大肚子的女王，有一名傳說中非常可愛的兩歲長女，她會對著五線譜唱歌，會用童稚的軟音呢喃著英文，「我女兒現在懂得的單字也比你們多。」是的是的，我們也都知道女王還有一名擔任高中部英文老師的丈夫，小國一懂得的詞彙，怎麼可能超越從高中英文起手的幼兒？

然而女王言談間懶洋洋病懨懨，她不似炫耀，也意非貶抑，也許就是對整個世界喪失了基本的熱情。我心裡充滿疑惑，有體貼的丈夫和可愛的女兒，女王為何依然不滿足？她原就是海島女兒嗎？僻處偏鄉是情非得已嗎？面對一群資質平庸的學生令她失望嗎？守著校園邊陲的音樂教室令她難堪嗎？然而女王蒼白的臉上沒有透露絲毫訊息，皺眉是她面對世界的一貫姿勢。就在我神遊於可能的故事情節想像時，耳邊傳來下週將抽考〈紅豆詞〉的宣判。

懾於女王的威嚴，一整週我逮著時間便在家中狂練歌曲，「滴不盡相思血淚拋紅豆，開不完春柳春花滿畫樓」，如此哀怨的唱詞，吟哦間，我腦海中反覆浮現女王深鎖的眉頭、悠長的嘆息，那遮不住的青山隱隱，流不斷的綠水悠悠，那似箇長的究竟是何愁？我不免也從喉間發出了深長的嘆息。悵惘間低眉一望，躲在樓上後陽臺練唱的我，竟被鄰家同齡男孩從他家透天厝後院窺視了半天，他臉龐促狹的笑，預示了明日課堂上我可能會有的困窘。悵惘轉為惱怒，我忿忿然摔門入室，再不練唱〈紅豆詞〉。

可悲隔天的音樂教室裡，女王纖手輕輕捻弄，抽出的籤號竟然是我。戰戰兢兢上臺，我用發抖的聲腔一路飆高音，「啊～～啊啊～～啊啊啊，恰似遮不住的青山隱隱……」，女王一揮手，滿室靜寂，她面無表情，並無責備，只淡淡點了句：「轉音不要唱得太明顯。」是的女王，我知道轉音處該多些圓潤多些包容，但是您的嘆息聲裡，何嘗不是含藏了太多曲折的轉音，讓人摸不清世界到底虧欠了您何等幸福？我只能暗自揣度，也許終於是師丈、只能是師丈，以溫厚的喜感撐住了女王的涼薄，也包納了女王的厭世。

至今想起女王，耳畔仍有深長的嘆息；定格在腦海中的畫面，則是那風琴前嬌小瘦弱的背影，從窗外剪下的一方日光，此刻正悻悻然薄敷在她撫弄琴鍵的手背上。

——原載二〇一八年十一月二十八日《金門日報．浯江副刊》

美術課

那時的美術課總是無盡的折磨與沮喪，對於全無繪畫天分，又自小欠缺調教與入門引領的我而言，如何正確地描繪事物的輪廓、如何將水彩濃淡合宜地塗抹在紙上，是比背化學元素、算數學公式更加艱難的考驗。然而美術教室卻是迷人的，或許因為無關乎升學，它被驅逐到校園的邊角，陰暗而落拓，有一種自暴自棄的況味；門一打開霉味撲鼻而來，裡頭石膏像錯落、畫架雜陳，午後的陽光透過窗簾斜灑入室內，空氣中飛滿了細微的塵埃，牆面上斑駁的顏料和美術老師一樣，展現了某種不修邊幅的美感。

他長久盤踞著小小的方寸之地；他是美術教室的領主；他在畫架間逡巡，要我們對著荷馬、大衛、阿波羅的頭像凝神觀察。要知道如何讓暗部含進去，亮面提出來，他說。我望著牆面上一幅據說是畢業生留下的作品，鬱藍畫面向著深邃的黑裡延展，黑的盡頭處是醒目的一行字：The sound of silence。是的，這是《畢業生》的主題曲，學長圖繪此作時，究竟是專注對著黑暗老友呢喃著？抑或神遊於電影海報中那橫陳的玉腿？我在美術教室懶散而惹人昏睡的微光裡心神恍惚，久久無法完成素描。深海裡終然傳來了悠揚鐘聲，然後老師交代下週作業，是自訂主題的海報創作。

所以該如何揚長避短呢？週末午後，在狹小的二樓書房裡，我斜倚書桌翹起二郎腿，忽爾將鉛筆夾在耳旁故作姿態、忽爾敲著筆桿陷入沉思，芥末與黃褐相間的馬賽克磁磚在眼前的地面交錯成殘影，晃動間我感到些微暈眩些微神思盪漾。夏日的微風，此際從左側紗窗前偷偷溜進來了，簷櫺上的風鈴發出清脆充滿金屬感的鏗鏘，我起身將AIWA隨身聽裡韋瓦第的〈四季〉調到「夏」段落，彷彿把整個下午的悶熱也收納進慵懶的音聲中。萬物奄奄一息的懶怠裡，杜鵑開始在卡匣裡輕巧地啼叫，斑鳩和金翅雀的歌聲也隨之宛轉爬升著，然後在山雨欲來的騷動中，我瞥見書櫃裡的楊牧，忽爾創作欲滾滾而來。

在韋瓦第詭譎的午後暴雨裡，我決定將畫面定調為黑白，那麼孤立無援的第二樂章，彷彿眼前浮動著瑩白欲淚的臉龐。我在畫紙上描摹著女性輪廓，用細細的針筆牽出微風中飄散的髮絲，一絲、一縷，在遼闊的畫紙上八方延展，慢慢織成密密網羅；網羅的中心點，便是潔白毫無修飾的一雙眼目，容長細緻，安置於畫紙最底端，清朗望向你。

整個下午的辰光，我反覆播放著韋瓦第，偶爾抬眼望向窗外鄰家廢墟裡長出的芭樂，纍纍結實不勝沉墜；偶爾閉目傾聽音樂，想像荒原裡那女性的孤絕與寒涼。暮色將臨時，我勾勒完最後一筆，並在畫面頂端，用純黑字體鐫就那初始引動靈感的詩句：「我從長夜中醒來，離開愁城深鎖／我不帶走星輝，不帶走月色／只把滿地淒清的露水拾起／去滌洗你美麗的哀愁雙眸迷迷」。夜，就真的來了。

週間的美術教室裡，老師逐一審視眾人作品，在畫架與畫架間，我的羞怯優雅地躲在一個褶裡。然後在那幅黑白海報前，他停下了——他停下，像個憂鬱的頭像，頷首望著海報沉吟——老師雪白的襯衫在陽光下閃閃發光，然而右側臉頰及眼窩凹陷處含藏的暗影，卻幾乎將我吞沒。良久，他抬頭說出了讓我渴望隱身於光與空氣中的評語：「概念不錯，但你那美術字，為什麼就不讓某某代你寫好呢？」

是技巧的問題。在踱回教室的路上，我百無聊賴望著沿途空無的小花臺，直挺挺毫無美感的龍柏一列，還有龍柏後方那髹著突兀綠橙漆色、做成宮廟簷頂的公告欄，裡頭有各班壁報比賽的成果：「教孝月」特刊，臥冰求鯉、冬夜溫席、精忠報國、代父從軍、打虎救父，每一幅都對我發出嗤嗤的訕笑。

生活是殘酷。教孝月壁報、軍歌比賽、保防演講，或許這才是真正屬於我們的，充實完整且光亮的戰地生活。

——原載二〇一八年四月二十八日《金門日報・浯江副刊》

唱遊課

那不教我們班數學的老師從遠處款款走來，瘦削的身形沒有曲線，然而婀娜的行路姿態，卻如楊柳般風中搖曳。他穿著緊身上衣和褲子，也許因而看來更加清俊。須臾，在大家面前站定後，我注意到他還配著簡潔風的黑框眼鏡，說話前先輕清嗓子，一邊捻起蓮花指扶著鏡框，一邊忸怩地告訴我們，從今天開始，每天放學後，大家都要集合到操場上練舞唷。那「唷」的尾音拖得老長，在悠長的音韻裡，他完成了一連串扶額、撥髮、曲線流暢的小臂下垂動作，最後兩手溫柔地交握在小腹間，那剛巧是孩童的我視線所及之處，我清楚看到他細白纖長的手指，正無力地披垂著，而月牙兒般的指縫裡，沒有一絲汙垢。

又清潔又奇特的老師，文質彬彬不教數學卻跑來陪我們舞蹈的老師。那天之後，一群小女孩開始隨著音樂節奏，學習小跑步入場的隊形，站定後一旋身，立馬扭腰傾斜四十五度角，「採一把茶葉籮裡裝喲籮裡裝」，然後還得雙手捻起蓮花指，唇邊浮出一抹羞怯的微笑，假意望向遠方並不存在的「情郎」，這是採茶謠基本動作。老師會在旁邊款擺著腰肢應和，一邊柔聲地提醒「微笑，微笑」，一邊忍不住隨著音樂輕哼起歌詞。日後王菲有張專輯名為〈唱遊〉，標榜曲風、音色、唱腔的嘗試與創新，那是對音樂本質的反省，但我更喜歡王菲歌聲裡那種「且唱且遊」的自在與天然。當時的老師，就是活在唱遊世界裡自在的狀態，但那自在卻不是常人眼中的天然，有家長背地裡掩口偷笑著，喚他是那名「查某體」的老師。

淳樸的離島小鎮、久遠古老的年代，我不確定老師經受過多少異樣的眼光，但可以確定的是，放學時鮮見他與男老師們並行著談笑。有時舞練得瘋了，不免影響到小考成績，那名唇邊蓄著鬍髭、行止落拓不拘的老師，會用龍飛鳳舞的紅筆，在隨堂測驗本頁末瀟灑寫下：「何以如是？舞跳，書也要念」的警告。通常，他們不與教舞蹈的老師相往來，男人要有男人的樣子，大步流星邁開步伐才是正道；扭腰擺臀，那在日後叫「娘炮」。然而我喜歡娘炮老師，我清楚記得他眼神裡的激賞與笑意，他蹲下身來對我說，這麼柔軟的姿態很棒，等宮燈舞練完，我們來編一曲百花仙子，讓你當主角。

宮燈舞是老師的拿手絕活兒，我們一夥孩子跟在他身後，學著右手提燈、背過左手，戰戰兢兢地踮起腳尖，隨著古典而優雅的節奏款步入場。那手上的宮燈千變萬化，一會兒須提到臉龐前，半遮半掩半嬌羞；一會兒又得疾步轉換成同心圓隊形，仿照扇子舞般，將宮燈自下而上快速旋轉著。舞臺上表演時，我們不斷抿嘴輕笑，感覺豔麗的唇妝有種奇異的風味，因而忘了老師賽前的叮嚀：上臺一定要大方地笑唷。什麼是大方地笑？因為少了如花般綻放的容顏，那回比賽，我們輸給了實力強勁，且特地請來地區藝工隊指導的友校表演。然後呢？然後我的花仙子不知為何也無疾而終了。

老師後來是否還教舞蹈？好久不曾再有他的消息。多年後我偶然聽聞晨起運動的母親，笑吟吟地提起晨舞團裡有老師的身影，「你們那老師啊，他跳起舞來比女人還軟韌哩。」越數年，我又在聚會裡聽聞有同學返鄉，偶遇仍然喜歡上市場採購生鮮食材的老師，街肆間佇足問候，聊起師母的病情，他當眾嚎啕大哭。好樣的老師，還是堅持保有天然自在的模樣。但是老師，你還欠我一支百花仙子舞，欠我一個主角夢，這事我可永遠不會忘記。

——原載二〇一九年一月二十八日《金門日報‧浯江副刊》

歷史課

記憶中，少女時期離島的週末午後，總是空寂而無聊的，讀書是唯一必須做的事。家人午睡的辰光裡我在書桌前戴著耳機，一遍遍聽黃鶯鶯。音樂老師某日課堂上忽爾懶懶閒聊：「你們誰能把〈只有分離〉唱得像黃鶯鶯那樣？」彼時我家巷口的唱片行整天放送著這首暢銷曲，但其實我更愛聽她的西洋歌，〈Shanghai Memories Of 1945〉尤其令我痴迷，那是戰爭年代的虛擬故事吧？痴心滯留戰後上海等待情郎的碧眼女孩，異國想像裡揉合著中國風情的頹靡調調，我邊聽邊在歷史課本內頁裡無意識地塗鴉著：「我住長江頭，君住長江尾，日日思君不見君，共飲長江水」，空間裡儼然也瀰漫了雜揉中國古典風情、東方歷史苦難與西方情調的少女情懷。

再怎麼天馬行空的想像與自遣，時間還是懶怠著一步遲似一步，我終於決定起身離開書桌，到歷史老師家走走。老師家在曲折巷弄的邊上，大門左側座落著不知供奉哪位神明的小廟，銅環輕掛的木門通常是虛掩著的，可以見到老母親在院落裡曬著太陽打盹，而老師呢？我們都知道行過大門後的紗門，一定也是敞開著的，那是客廳兼書房，老師總是坐在藤椅上看書。一閃身，輕巧進入室內，頷首算是招呼，老師會以宏亮的聲音迎接每一名學生。通常，我總是游移室內，就著書牆找到喜歡的小說，便在客廳裡消磨一下午，老師啜著茶繼續讀書，偶爾彼此抬眼交談幾句，卻也不過是尋常問答。直到傍晚，紗門外忽爾有三兩腳踏煞車聲吱嘎傳來，老師班上打完籃球的男孩們也到了，帶來的是屬於夜晚的喧嘩，我起身讓座，安靜帶兩本書回家。

老師後來寫信給我，信裡提到「你之靈秀與才情皆為僅見，所欠唯灑脫而已」，他要我學學〈蟬〉裡的陶之青。我依稀記起書牆上是有那本小說，下回再去時，果然，讀過的白先勇、歐陽子旁邊就站著林懷民，抄起小說直接翻讀，一九六〇年代無所事事的大學生們，言談間動輒穿插英文字彙，看的是藝術電影，背誦的是瘂弦的詩，至於音樂，他們則在Bob Dylan、Joan Baze、Beatles的歌聲裡尋求共鳴。這跟我接觸的世界不一樣哪，在臺北咖啡廳裡，陶之青的形象最為鮮明，她個子瘦小卻行事獨特，可以不拘小節，於初識之日便要求在莊世桓居處過夜；可以毫不留情地批評表親范綽雄的作為；更可以經常性地發表憤世嫉俗的言論，批評五千年文化在中國人身上所造成的bondage，也抱怨美國學生鬧學潮的無聊。

我想到就在前些天，老師拿出一本離島青年編的文學刊物，裡頭有他大學時代發表的文章，臺北烈日裡，紅頭傻子漫無目的地行走，那裡頭的象徵我一度看不明白，但而今，彼此間忽爾有了對照與互文。我恍惚意識到架上另一頭還有的黃春明、王禎和與王拓，隱隱約約，這些小說都在譜寫著老師的青春與歷史。於是歷史課上，更多時間我神遊於離島外的臺北街頭，書本裡寫些什麼秦漢魏晉的大往事，反倒不那麼令人在乎了。

我與老師的通信維持了六年，六年後考上中文系，老師依舊以贈書作為祝福，他取來中國文學史、中國哲學史、中國通史與現代美學各一冊，都是赫赫名家所著。再日後，我於課堂上聽聞一九六、七〇年代風起雲湧的現代主義與鄉土文學始末，想起有人曾僻處海島一隅，縱聲講述中國大歷史外，原來也為我默默展示了一頁屬於他的時代史。而現在，是我書寫個人史的開端了嗎？在大學課堂裡怔忡良久，回味、沉吟於往昔所遇所感，我難掩萬般複雜心緒。

——原載二〇一九年三月二十八日《金門日報・浯江副刊》

國文課

那是個週末午後，我們被要求在掃除工作結束後，留校檢討段考的國文試卷。班長從導師室捎來了口信，同學們頓時哀嚎連連，我卻暗自竊喜著，自然不是因為考了高分，而是心下另有一份祕密的情愫。

實則，每天每天，從導師室門前迎來那頎長的身影，是我國一生涯裡最深切的期盼，也是上課最大的動力。我永遠記得開學首堂國文課，臨窗瞥見老師翩翩走來的模樣，遠方的他瘦削高䠷，似乎自帶光環，白襯衫在陽光下微微閃耀著，那捲起的袖口和移動的腳步同樣瀟灑而輕飄。日後讀張愛玲描寫曹七巧又愛又恨的小叔季澤「正在弄堂裡望外走，長衫搭在臂上，晴天的風像一群白鴿子鑽進他的紡綢袴褂裏去，哪兒都鑽到了，飄飄拍著翅子。」腦海中浮現的，正是校園黃沙裡陽光下，從遠方飄飄走來的老師身影。那身影在視野中逐漸移近，步上講臺後，慢慢地，你會將目光上移，全心聚焦於老師的雙眸，他眼神迷濛、淡漠而空遠，彷彿望進了你心深處卻其實什麼也都不望見。然後老師開口說話了，語調一逕是慵懶低沉，且要直低到塵埃裡，在塵埃裡自築一小世界。

這樣的老師太迷人了，像從瓊瑤小說裡走出來的男主角。上課時他背對著大家，板書一字一句俊秀飄逸，字如其人，但有同學總聽不清楚他的講解，背地裡埋怨老師根本活在自己世界裡，這叫高冷男神啊，懂不懂你們？有點審美素養好嗎？高冷系老師在第一篇命題作文最後，寫下「文字清麗可喜」等評語，末了淡淡再捎帶一句：「好好珍惜自己的這份天賦」，我手捧著作文本撫摩再撫摩、唸誦再唸誦，珍惜到不知如何是好。

午間休息時間，腋下夾著國文、數學與英文課本，從校園後方抄小路速速返家，想利用時間多讀點書。身後的木麻黃土徑，忽爾傳來腳踏車喀啦聲響，我在腦海裡揣想數學班導與高冷男神走在後方的樣子。聲響逐步推進，我一步慢似一步，於是班導從身側行過，笑著揶揄：「一個午休時間可以讀那麼多書啊？」我窘到滿臉通紅，眼梢瞥見國文老師唇邊浮出一朵神祕的笑。

又有那麼一回，我的紫藤剛剛拿到校內國畫組首獎，美術老師要幾名同學到家中作客。老師家古色古香，嘎吱作響的木梯逐步通向氤氳的頂樓畫室，忽爾上方傳來美術老師的朗笑，間雜著壓抑的談話聲，同學們停駐樓前，互相推搡著不肯入室。我只一逕低垂著頭，粉色大翻領寬版毛衣把臉烘得好熱，我知道是國文老師在裡頭，驚喜間慶幸著出門前曾費心打理過今天的服儀。

而現在，又有跟老師延長相處的時間與機會了，教室裡氣氛凝滯，他手拎著藤條，一題題講解過，要答錯的同學魚貫上臺受懲，我卻眼神晶亮地凝視著體罰學生的老師。然後老師檢討起那最不該錯的一題，「答錯的同學上臺」，他說。我遲緩地移步向前，老師深深凝視了一眼，慢慢吐出字句：「雖然你考全班最高分，也只錯一題，但這題不該錯就要受罰。」他提起藤條，瀟灑捲起的袖口優雅一迴旋，「啪啦」聲落，白襯衫閃耀著亮烈的光，「可以先回家了」，他說。我背起書包，領受同學歆羨的眼光率先走出教室，那手掌熱辣的疼，在週末午後的陽光裡逐漸發散開來……，啊，多麼痛的表白，多麼熱辣的愛之狂喜，陽光裡有小塵埃快速翩躚飛舞著，映照了我彼時燒灼又炙烈的心。

——原載二〇一九年二月二十八日《金門日報．浯江副刊》

輯二

一步一沙漠

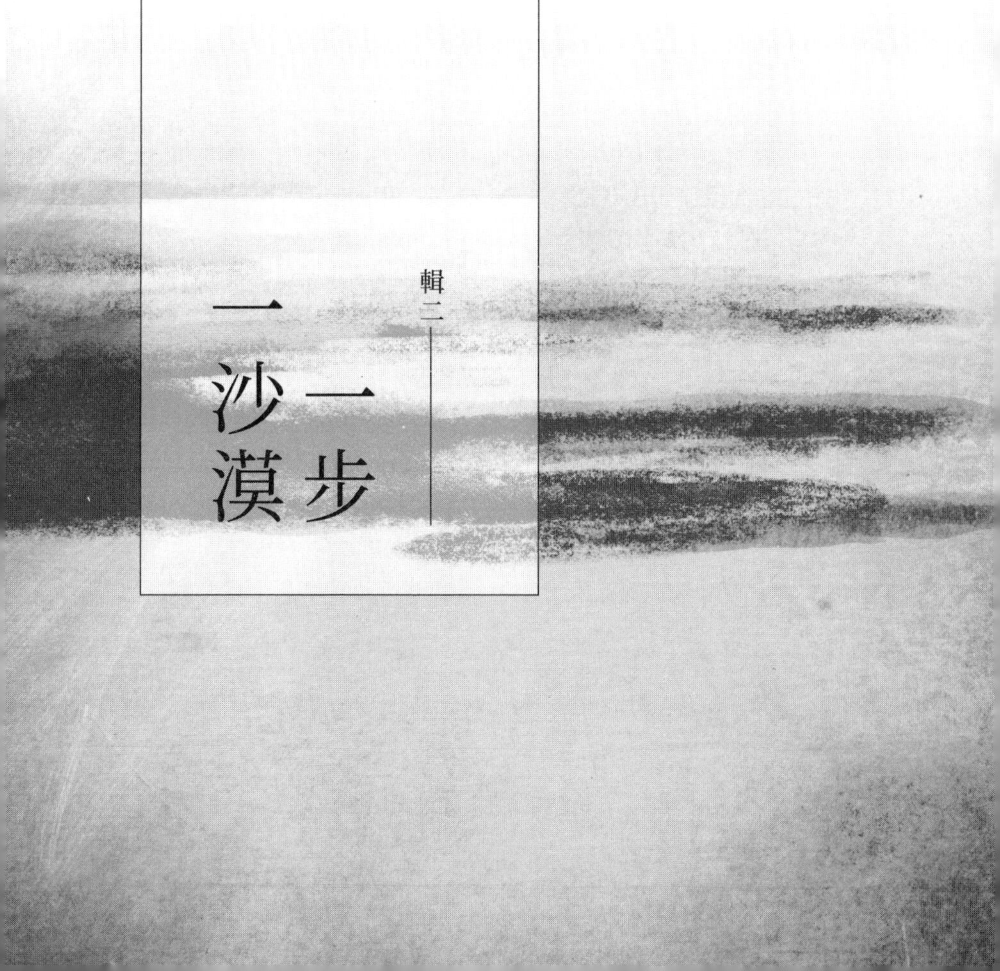

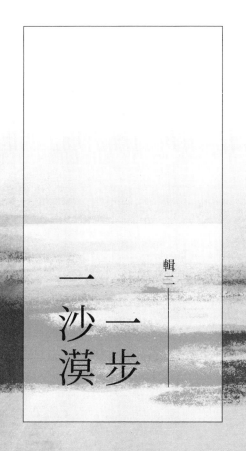

時代，與時代之外

記憶裡曾有過這麼一幅畫面：環島畢業旅行（兼教學觀摩）即將展開的當天清晨，下起了微微細雨，遊覽車早已停妥在女生宿舍外頭，晏起的我慌忙拎著十天行李走出宿舍；而在全班魚貫登車的隊伍旁，前、現任男友居然雙雙出現，我在眾目睽睽之下，領受了他們各自交付的十朵玫瑰、十封信件。一九九〇年代便以如此荒謬的旅遊場景開啟。

上車之後，座位左側的僑生學伴不斷對著窗外的前男友揮手道別，她說前男友整夜未寐將車停在宿舍外頭守候，剛剛又淋了好久的雨

師範生環島畢業旅行（左一為作者）

真可憐。整趟旅程裡，學伴以奇異的廣東腔反覆訓斥我對情感的不忠，苦口婆心勸導我要珍惜所愛。我還記得，後來在花蓮高中教學觀摩的課堂上，望著窗外藍得徹底的海，我也想畢業後躲到東部來徹底躲藏，再不要苦惱再不要聽訓。

此前我尚與前男友熱戀之際，校慶日準備出門約會，在宿舍門口遇到了社教系好友，她也叮嚀我別太張揚，忙著戀愛卻不知世事，那是一九八九年六月五日，會客室周遭隱約瀰漫著詭譎的氣息。此後則又有學運發生，數十名學生於一九九〇年三月十六日傍晚聚集於中正紀念堂，我在宿舍裡略有聽聞，知道廣場上擎起了象徵純潔、草根與生命力的野百合，各大學開始串聯罷課，也不斷有學生持續參與靜坐示威。但室友和同學群一片靜默，廣場近在咫尺，然而師範系統內部，似乎沒有太多的聲音與喧嘩。

那時，我們處在準教師身分的焦躁裡，喧嘩的可能更多是對前途的苦惱與不安。只是外面的世界比我們的內心更狂亂，不過一年，很快又迎來一九九一年五月七日的一場遊行，遊行前我接收到「金門旅臺大專同學會」的一些訊息，知道廢止「動員戡亂時期臨時條款」後，國防部又宣布對金馬實施「臨時戒嚴」。我想起從小到大在戰地所施行的宵禁與熄燈令，那讓我中學時期完全無法挑燈夜讀；我也想起奔赴臺北求學前，必須形同出國般申請出入境許可證、換領未印有「金門」字樣新臺幣好花用的繁瑣，還有只能以家書排遣的思鄉之情，那讓我大學階段與故鄉咫尺天涯，我慎重思量著是否該為家鄉盡一分心力。五〇七過去了，聽說在臺大、政大念書的好友及活躍的表妹，赴立法院抗爭時因拉出抗議標語，遭到了大批員警包圍，且發生衝突，我也知道高中時代熱衷議論政治的男同學們，在攻讀法律的朋友登高一呼下，多年來每週持續舉辦讀書會。他們都是熱血青年，但我始終無法也無心打入圈子。畢業在即，我四處奔忙的是對分發學校的考量與斟酌；受到更切身的衝擊，是畢業後再無處住宿的窘境。

終於，在距離分發學校不遠的西門町，找到了一間雅房。入住當晚，我在夜深人靜時才排到浴室使用權，剛備妥盥洗用具走出房門，狹仄的長廊裡，便與濃妝豔抹、渾身酒氣的妙齡女郎擦身而過，那是在西門町上班的舞小姐。越數日，隔壁房間屢屢傳來嘈雜聲響，我放膽過去叩門，圍著輕薄浴巾的少女應聲而來，房門開啟處床上躺著的，是兩臂刺青裸著上半身的精壯男人。這是何等龍蛇雜處的空間哪，甫出校門的我飽受驚嚇，連夜逃出賃居處，連保證金都不要了。

社會在眼前，社會彷彿又在我之外，騷動與荒謬情境都是不想參與的人生，但我卻被時間推移著一步步往前行。初為人師之際，國中生為了參賽而勤練舞蹈，身為導師的我，連假日都請班長帶著同學來家裡練習，每個週末，草蜢的〈失戀陣線聯盟〉反覆在居處響起：「她總是只留下電話號碼，從不肯讓我送她回家。」我清楚記得當時在音樂聲裡的悵然，大學時代和醫學院學生聯誼，那名猛烈展開追求攻勢的男孩酷愛唱歌，錄來的總是一卷卷王傑的卡帶，我尚沉醉於〈一場遊戲一場夢〉、〈忘了你也忘了我〉的小悲歡裡，不意卻瞬間轉換身分，成了必須挺起胸膛、帶領小毛頭的大人，那些像草蜢般在眼前蹦跳的孩子，讓我覺得自己已經跟王傑一般，渾身充滿了滄桑。

國防部宣布金馬繼續戒嚴之後，1991年5月7日，金門人前往立法院抗爭、靜坐11天。（金門報導社／提供）

很快地，我又逃回了校園當起研究生，那是一九九〇年代中期。回想起來，當時文學文化界簡直一片前景粲然，我記得報紙副刊常常有各種領域的對談紀錄，版面氣勢磅礡。充滿企圖心的研究所同學，則頻頻在文學獎中奪魁，每次刊出作品時，報端總挾帶著他們彷若明星般的美照，這些都讓我覺得生命充滿希望，原來中文學門也可以跟社會接軌。常常，我在圖書館裡翻閱著《聯合文學》，感覺文青魂又重新被喚起；而《當代》雜誌所引發的震懾，則更讓我意識到新知追求之必要。

於是在兼任助教職務、每週固定半天的研究時間裡，我從金華街的淡江大學城區部搭校車，趕往淡水本部校園旁聽施淑老師的課。老師在大學部講授中國當代文學，傷痕、反思、改革小說還有其後的先鋒，狠狠挑戰了我的美學視野。研究所課堂上，同學們則討論《資本主義的文化矛盾》，他們談阿多諾、阿圖塞，我終於意識到師範教育體系的傳統性與不足，然而助教工作不容許長期旁聽，中輟之餘我滿心憾恨。

幸而還有假日舉辦的各種研討會。穿梭於各式學術研討會現場，彷彿始終是研究生涯的必要配備，但我清楚記得一九九〇年代的盛世景況，有幾幕至今印象猶深，例如一九九三年，在臺北圓山飯店所舉辦的「四十年來中國文學會議」，其時根本連學術邊角都還沒沾上的我，怯生生地跟著誰步入了那氣派的大廳，紅毯鋪設處但見星光熠熠，臺上都是些「海內外知名人士」，但我誰也不識，只驚詫於如宴會排場般的中場休息茶點。還有在臺灣大學某次學術會議現場，臺上並排坐著王德威、梅家玲、張小虹一眾學者，他們其時正當青壯，風華盛茂，氣場強大無比，臺下聆聽的小研究生們充滿了幸福感，彷彿被領入了廣袤的學術穹頂，並暗暗發誓著日後若當學者，就要有如此風度。

這些到底離時代遠或近呢？我並不確定所謂學術殿堂，是否只是象牙塔裡的自我搬弄。然而在象牙塔外，我也略略窺知了某些俗世煙火。那些青春的年歲裡，似乎總有各種因緣際會的奇遇，有名學妹熱誠介紹他的表哥與我相識，下南部時他領我食遍在地小吃，說這才接地氣；上臺北時他又邀約去晶華、遠企用餐，那些晶亮的旋轉門讓我迷眩，滿室衣香鬢影則教我不安。另一位同學則忙著介紹社區鄰居給我，那名所謂「鄰居」穿著西裝，在傍晚到校園約會，他帶我逕赴海產店，在龍蝦、鮑魚等活蹦亂跳的海鮮前，說要現揀現撈現殺，搞得從未見過此等陣仗的我大感驚惶。還有一名忘了如何認識的朋友，藉口慶祝我考上博士班，邀宴了仁愛路的頂級魚翅。他們身處的行業與社交圈，都離我好遠好遠，象牙塔裡的我並不豔羨，只是在這些飲食男女的交際裡，彷彿隱約感受到了另一股浮動的消費力與社會情境。

然而，那畢竟是通訊還沒現今發達的一九九〇年代，在見識了形形色色的生活實象之餘，總有人跟我說你實在太單純，若不是我如何如何，你早就被騙了云云。我還記得疲於應付之餘，在某回年後的期會裡，對方打來電話答錄機裡道歉，說是南部老奶奶臨時有狀況，聯繫不便而導致失約。那通留言我再無回覆，便也順勢斷絕一切，離開了那個我所不熟悉的世界。

還是浸淫在文學和電影裡，與我較沒有頻差。在一九九〇年代各式喧嚷與浮躁的氛圍裡沉浮著，我可以感知得到周遭的震蕩，但內裡的我卻是絕緣而稠悶著，彷彿處於風暴中心的颱風眼。我永遠難忘一九九四年《愛情萬歲》裡那最後六分鐘的震撼，鏡頭裡，美美走進了當時尚在施工中、一片空蕪的大安森林公園，她坐在凳子上長長地哭泣。蔡明亮一鏡到底的這顆鏡頭，日後將成為影史經典，但當時的我並未意識到，那是多麼具有歷史性的時刻，我只覺得那哭泣聲好空好空啊，像電影裡空曠的待售屋，也像我荒寂的內心。散場後我們往冰果店吃冰，學長說，剛剛那個楊貴媚在哭的鏡頭好像你。其時室內恰流淌著〈我願意〉的歌聲，歌手是一名喚做王靖雯的女孩，我正熱烈喜愛著，然而學長又說了，這些都是不健康的靡靡之音。

這就是我的一九九〇年代了吧我想，空蕪地荒寂地與世隔絕地病態著，遠離時代，卻隱隱被時代追逐；追逐愛情，卻也被愛情狠狠拋棄。一九九〇年代末梢，還挾帶著喧騰一時的白曉燕案，所有人在電視機前看著侯友宜如何與陳進興談判，街談巷議的小道消息，則是入珠的大小和效能問題，太荒謬的世紀末了，然而世紀末還有愈加動蕩的九二一大地震。在世界和人生無窮盡的混亂失序裡，我莫名拿到了華航旅行文學獎，並將獎品亞洲航線往返機票及一千美元獎金，全數花在另一趟日本之旅，從而終結了世紀末的瘋狂，也宣告我少女階段的正式完結。

至於進入一九九〇年代生活之前的那場六四，得等到多年後，我看了婁燁的電影《頤和園》，才能回過頭來，重新咀嚼天安門事件相映於私人生活的意義。《頤和園》裡的敘事時間橫跨一整個一九九〇年代，對我這代人太敏感了，那是青春劇烈搖晃後，瞬間跌入滄桑前中年的階段，用電影裡余虹的話來說，就是「我只想生活得強烈一些」，但這強烈背後的狂暴與動亂，卻充滿了危險性。影片裡有兩幕令我痛到徹底，一幕是余虹遭到男友周偉與閨密李緹的雙重背叛之際，六四的廣場事件也同時展開，擔心余虹的青梅竹馬曉軍前來北京尋找，余虹爆裂式的那聲「我要回家」，充滿了情感的傷痕，我完全能夠體會。另一幕則發生在片尾，望著多年重逢後的周偉再度驅車絕塵而去的背影，這次站在荒涼公路旁的余虹沒有了吶喊，但那表情卻是更徹底的

一九九九年「華航旅行文學獎」得獎後的日本之旅

內在撕裂。這神情也值得玩味，但我反覆斟酌之餘，卻洶湧出更多難以言說的複雜情懷。

整個一九九〇年代，雷聲自遠方轟轟而來，從中國的六四，到臺灣的三一六、金門的五〇七，時代一步步迫近，我卻始終活在時代之外；但我又怎可能自外於時代呢？青春的風暴與時代的雷聲聯袂而來，它們彷彿平行，又彷彿微妙地交錯著，我在其間完成了學生到教師、少女到人母的多重身分轉換。而青春的震蕩與風暴，必須到新世紀之後，才終於緩慢地安定下來，那又是另一樁事了。

——原載二〇二〇年七月九日《聯合報・聯合副刊》

浪漫而孤傲的靈魂之樂

有些場景是要在多年後反覆回憶起，才能細細體察出背後深意的。那是三月初春的午後，鐘聲響起之前，我準備前往教室，行經長廊見有人倚闌凝神望向遠方，正安靜聽著音樂，渾然無視於周遭雜沓往來的三兩人群。一時興起，我佇足詢問：「在聽什麼？」沒料到其時尚不熟稔的男子，隨手便將右側耳機摘下遞給我。略有些錯愕，遲疑間我接過戴上，熟悉的旋律在耳蝸響起：6～76～76～5453，是浪漫中略帶冷冽的音調，一如彼時乍暖還寒的春光。「拉赫曼尼諾夫第二號鋼琴協奏曲」，他偏頭略帶詫異地望了我一眼，對視不過瞬間，我們便安靜地聆聽起其後的樂段，旋律流淌在各自耳際。約莫持續了一兩分鐘，「上課了」，我有些忸怩地說。自此兩人錯身，渾若無事，然而冥冥中彷彿又自有牽繫，那往後，不意之間卻展開了一段長達數年的錯戀。

俱往矣，然而始終定格在腦海裡的一幕，是當年彼日彼時，為遷就耳機線長度，我曾略略偏頭，餘光中因見他臉型的印象：鼻梁高挺、唇線緊抿，最分明的是雙眼皮下黑濃的睫毛如扇。那幀輪廓分明的側影，曾在記憶中盤桓數年，因此當老電影《似曾相識》（*Somewhere in Time*）穿越歲月而來，主角理查（Richard Collier）在經營一世紀的飯店歷史陳列館裡，與牆上照片中七十年前的青春少女頭像，相對脈脈、久久難言之際，那種震懾與深情，我真覺是如人飲水，觀影者冷暖自知了。

巧合的是，《似曾相識》裡除了歷久彌新的主題曲之外，拉赫曼尼諾夫（**Sergei Rachmaninoff**，一八七三—一九四三）的「帕格尼尼主題變奏曲」，正是其中非常重要的一段配樂。年邁的女主角與青年理查重逢之後；渾然不知事實的理查於歷史館中初見當年少女頭像之際；乃至於時空重返，理查穿越七十年與年輕的女主角泛舟湖面的美好辰光裡，拉赫曼尼諾夫的背景音樂都反覆出現。作為理查最喜歡的曲目，「帕格尼尼主題變奏」應當意味著什麼？一段時空錯位的浪漫愛情之變奏。

那幾年裡，確實是我少數勤逛唱片行的美好時代，作為志趣相投的愛樂者，他對古典音樂的投入更加狂熱，蒐羅相關知識之餘，也推薦了不少優質版本。對於事物我向無太多執迷與痴狂，然而私心偏好的拉赫曼尼諾夫第二號鋼琴協奏曲，倒也聆賞過名家演奏若干。李希特（**Sviatoslav Richter**，一九一五—一九九七）與維斯洛基

（Stanislaw Wislocki）指揮華沙愛樂在一九五九年的錄音廣受好評，可以感受到演奏者強烈的自信、機鋒以及無懈可擊的琴藝，但對我而言，李希特的鋼琴彈奏一貫理性而炫技，驚歎讚賞之餘，情感層面究竟較難與之相契。和李希特恰為對照的另一個版本，應當是齊瑪曼（Krystian Zimerman，一九五六—）與小澤征爾指揮波士頓交響樂團於二〇〇四年的錄音，其中的情感表現則華美而耽溺。

多年來，我喜歡的其實是英年早逝、卅一歲便在空難中喪生的鋼琴家卡培爾（William Kapell，一九二二—一九五三），他所演奏的拉赫曼尼諾夫，洋溢著清新無比的氣質，指尖流轉間有點率性，卻不矯揉做作。多年後重聽卡培爾於一九四五年與史坦伯格（William Steinberg）指揮羅賓漢．戴爾樂團（Robin Hood Dell Orchestra）的錄音，對於略帶生澀的技巧表現，漸漸難以忽略。但基於一定程度的情感偏愛，我仍不免揣想，這位當時被公認為霍洛維茲後繼者的青年鋼琴家，若能於中歲之後重彈拉赫曼尼諾夫，該又會有怎樣動人的詮釋？

至於作曲家本人，其實身兼指揮家與鋼琴演奏家多重身分，也因此，拉赫曼尼諾夫演奏拉赫曼尼諾夫曲目，簡直是上天的恩賜。一九二九年，他與史托考夫斯基（Leopold Anthony Stokowski）指揮費城管弦樂團的錄音版本技巧驚人，無論就速度詮釋或情感表現而言，都讓我百聽不厭。拉赫曼尼諾夫指尖落下之處從容靈巧，充滿了難以言說的優雅氣質，若在靜夜裡傾聽，更彷彿一名略帶憂鬱色彩的紳士，以節制的方式星點透露著、低語著、傾吐著內在隱密的情感，矜持，卻不給人壓力，流光溢彩之處，則熱情浪漫的本質難以掩蓋。

壓抑自制而迷人，若果你看過拉赫曼尼諾夫的肖像，會更深刻體會人與音樂之間微妙的契合與關聯。照片裡的作曲家，無論戴帽或平頭現身，一貫是冷峻嚴肅的神色，即令與最親近的女兒們在大自然場景裡合照，微微上揚的嘴角仍難掩憂鬱氣息，這或可能與緊鎖的眉間、堅毅的眼神與清瘦的身形有關，也可能與來自聖彼得堡的背景微妙感應著。拉赫曼尼諾夫的音樂一如當地節候般，將任性埋藏在冷地裡，有時帶些病態的坦露，卻愈發深不可測。據說他的曲目也並非常人所能演奏，原因在於拉氏本人是身形一百九十二公分的高䠷巨人，擁有三十八公分以上的手掌張距，跨度大的琴鍵對他而言並非難事，但在一般人心目中，卻成為技巧艱難的考驗。

最為人熟知的，應當是電影《鋼琴師》（*Shine*）所展現的拉赫曼尼諾夫式障礙跨越吧？《鋼琴師》裡演繹的主角大衛・赫夫考（David Helfgott）實有其人，是波蘭移民猶太裔第二代，由於家境清寒，父親又受過納粹迫害，因此自小灌輸他必須成為強者才能生存的信念。敏感纖細的大衛在成長過程中，屢次試著彈奏蕭邦與拉赫曼尼諾夫，或都與父親對祖國波蘭和宗主國蘇聯的情懷有關；而父親的寄望與控制欲，最終卻導致大衛精神崩潰，大好的演奏生涯從此崩毀。

既是以鋼琴家為主角的傳記式劇情片，電影裡鋪陳了諸多樂曲，從蕭邦的《雨滴》、《降A大調波蘭舞曲》，李斯特的《第二號匈牙利狂想曲》、《鐘》，到韋瓦第的《榮耀頌》、《世俗的平安總有苦惱》等無所不包，而其中反覆出現的拉赫曼尼諾夫《第三號鋼琴協奏曲》，則被譽為史上「最難彈的鋼琴協奏曲」。作曲家本人曾戲稱這是「寫給笨重的大象跳舞用的」，據說當時他將曲子題獻給最景仰的鋼琴家霍夫曼，霍夫曼仔細讀完後，答覆他太過困難、無法勝任。就連拉赫曼尼諾夫本人在首演時都拒絕安可，晚年更索性不再公開演奏。

即使不曾聽聞過前述軼事，電影裡也藉由父親的話：「這是世上最難彈的曲子，學會了我將以你為傲」，以及大衛啟蒙恩師對其父的請求：「別逼他彈拉三，他還不行」，神化了第三號鋼琴協奏曲的傳奇性，也指出拉赫曼尼諾夫為世人設下多大的障礙。影片裡最經典的一幕，應當是違逆父親阻撓，執意往英國皇家音樂學院求學的大衛，終於挑戰拉三的演奏場景，畫面中那男人彈奏的側臉：尖挺的鼻梁、秀美的唇以及披散的長髮，再度將我拉回拂之不去的記憶深淵；而對大衛而言，那場彈奏也正是深淵邊緣的掙扎。舞臺演出裡，抒情的慢板如泣如訴、深刻動人，彷彿傾吐了對故鄉的無限思念；然而音符激昂之處卻又充滿了父子矛盾情仇的張力，兩種旋律交錯又對立，彼此攀升纏繞永無已時，那彈跳的指尖、奔濺的汗水、癲狂的心智……，在視聽極度緊繃的畫面剪接中，你真切能體會到拉赫曼尼諾夫創作的音樂，有著多麼危險又迷人的魔力。

危險而迷人，我想起多年前同眾長輩登山健行時，曾與出版過《CD流浪記》的呂正惠教授，沿途爭論著拉赫曼尼諾夫音樂的版本問題，每一個我所深心推薦的演奏，他都不表欣賞，禁不起再三詰問，最終索性直言就是不喜歡拉赫曼尼諾夫，「他太浪漫了」，老師說。還記得在滿山濕涼的空氣包圍裡，那一刻我有些啞然與迷惑，當時年輕的我，絕對無法意會到「浪漫」竟能是種原罪。

而今，即令已臨中歲，生活裡也經受了些因浪漫而致的挫傷，我仍不免常常懷想起二十歲那年夏天，如何曾在圖書館裡找出一本本樂譜，如何曾在溽暑無人的宿舍裡，悶頭指認一顆顆音符，吟誦著初遇拉赫曼尼諾夫的驚喜。我也常常回到生命裡某段時間的冬日午後，公車一路悠悠晃晃，駛向註定終將無果的戀情，那時耳機裡傳來拉赫曼尼諾夫清冷、孤傲而絕美的琴聲，跳躍的音符因壓抑無望而愈發熱情，烙印出無數難以言宣的掙扎與渴望。就在那當下，搖蕩的公車裡彷彿我也穿越時空，與拉赫曼尼諾夫有了似曾相識的心靈默契與交流。

——原載二〇二〇年六月二十八日《聯合報・聯合副刊》

華美的時光

冬天學生從倉敷帶回來的茶，今年夏天慎重取出，開封瞬間，一股熟悉的香味迎面襲來，繚繞回生命中的某一段夏日。那整個盛暑，沿著天母圓環的上坡路行走，我還記得抬眼所見永遠是朗亮的天空，天空底下則座落著一爿爿美麗開闊的店鋪。街道左側有家茶葉專賣店，常常，我在午後推開店鋪大門，挑高的空間裡，光線柔和地灑下，店員遞來淺淺一枚微笑和「歡迎光臨」的招呼後，便不再打擾，任由客人自在遊走，空氣裡瀰散著各種不同的氣味，它們彼此交錯漫衍，卻不至於混淆難辨。緩步在充滿花果和茶葉香氛的空間裡，凝視著或蜷曲、或細長的茶葉裡有花瓣錯落，我逐一辨識茶盒小櫃的色彩分布：紅色綠色標誌的是紅茶與綠茶；橘紅、粉綠屬於調味茶葉；而若是黃色，盒子裡頭裝的八成便是花草茶。那延展開來的整面茶櫃，有一種富麗氣象，「玫瑰花茶」以精巧的花瓣滿滿鋪墊，大氣而優雅。但同樣是玫瑰調子，我較喜歡名為「夢」的調味紅茶，它有一、二小小花苞點綴於茶葉間，香氣淡然且清新，果然如夢似幻。有時，嗅聞一番頗有本土風味的「巨峰」款綠茶，那紫色瓣葉與葡萄果乾風味的酸度，恰恰能中和滿屋子太過甜美的少女香。如果不喜歡酸味太過襲人，那麼繞去瞧瞧「婚禮」茶盒，粉、藍及黃色花瓣會讓人深深跌入綺麗遐想，茶不醉人人自醉。但我仍嫌她味道太過濃郁，同樣有黃、紫、粉色花瓣錯落於茶葉間的「樂園」是綠茶款，風味相對便較為宜人，帶點休閒風。

常常，我低聲唸誦著櫻花烏龍、草莓香草、麝香葡萄種種美好的詞彙，便覺得幸福感洋溢，在難以抉擇的抉擇裡，總是焦慮地揣想著，什麼時候才能嘗遍百茶呢？我偏愛綠茶的風味，「白桃烏龍極品」的花瓣甜味與烏龍的生青搭配得天衣無縫；「東京綠茶」帶點甜甜的莓果味，彷彿在裡頭偷渡了城市想像；而「白桃煎茶」味道清爽，也是我常帶的茶款。有一回在難以取決的猶豫裡，身旁的L君把「太妃軟糖」的茶盒拿近嗅聞，他覺得杏仁香味可愛而迷人，我卻嫌她甜到令人發膩。太奶了，我說。那回我不作夢也不再沉浸於樂園，選了一款「海神」紅茶，因為裡頭的金盞花瓣無端令我感到心神靜定。在明淨的空間裡，我是氣味的主人。

然而離開了茶店，作主的往往便不是自己。在天母待著的時光，有時，我們會去棒球場觀賽，與農牛與兄弟象鏖戰時，L君和瘋狂的觀眾們拚命揮舞著加油棒，我聽聞滿場汽笛聲，恍惚間有種置身事外的尷尬，那些應援板上寫的球員名字，我其實幾乎不識；那些專屬的球衣球帽，也無法激勵出任何認同感，口裡低聲嘟噥著加油，然而當彩帶揮灑而出時，那些喜悅的歡呼或沮喪的嘶吼，都不會影響我木然的表情。散場了，隨著人潮緩緩走向公車站牌，我只有深沉的疲憊。無課的午後，有時在大葉高島屋閒逛，百無聊賴中等到L君來訊，說是臨時有約，要與同事們上陽明山夜遊食野味，我匆匆走出百貨公司，遠遠看到他準備返家換裝的身影，也只能靜悄悄地離開。

當然，歡聚的日子並不是沒有，我們更常在明月堂裡飲茶、食和菓子，碧螺春玄米，朝雪羽二重，同樣是明亮的玻璃採光，圓燈籠營造出日式氛圍，在這裡談小津安二郎或岩井俊二，似乎特別有情調。也或者在胡思書店，點一杯清芬的柚香茶，倚窗閱讀剛買的二手書，偶爾低聲交談、偶爾胡思亂想，都難免興起歲月靜好的企盼。在臺北上城的天龍國屬地裡，作為意外的闖入者，我試著融入、偶爾逸離，一方面感受到天母特有的文化底蘊，另一方面卻也觸摸到這隔絕空間所營造出的距離，它高雅卻淡漠。然而年輕時總有大把的時間好揮霍、好試探、好任性地與空間，甚至整個世界周旋，我想突圍走出自己的天空，也想靠近自己想望的生活。

色香品味何其多樣，只是離開了那樣的空間，以及空間裡聯繫的人事，多年後我往復於不同的茶店，與不同的人對飲，永康街麗水街巷弄間的典雅小屋、福華飯店裡坐滿奢華貴婦的專賣店，那些，都遠遠不如當年夏日裡所有的品嘗。時移事往，彷彿那竟已是前世的記憶了，我狐疑著端詳起眼前的茶葉包裝，側邊赫然標誌著「LUPICIA」。

是了，倉敷攜回的果然是那年茶香，唯中山北路七段舊址的「綠碧紅茶苑」早已人去樓空，它跟同樣已經不存在於中山北路的「胡思」二手書店，都是生命裡難以複製的記憶，無論二者有多少其他散落於各處的連鎖店。

我到而今才知曉，LUPICIA寓意是「美麗的茶葉」，而那年卻正是我精神上最困頓的夏日，因困頓而渴求明亮與美麗。

那麼故事是如何走向終局的呢？那回我們不喝茶了，L君與我相約在忠誠路口的Starbucks，我憑窗獨坐，面前的軟法麵包與焦糖瑪奇朵彷彿靜物般陳列，陽光很美，落地窗明亮，我一心一意思索著，為什麼天母的Starbucks就特別有雍容之氣呢？叮鈴聲裡L君推門而入，即令是晏起神態，亂髮披垂額間、眼神惺忪的他，仍與整面空間合而為一，映照出某種晨間閒散又無謂的氛圍。他帶著冷淡的高傲、有禮的自戀，從光裡走進來，像點交遺物般，CD書籍在桌前收攏無誤後隨即轉身離去，甚且不曾稍坐片刻。這樣的空間帶有速戰速決的況味，無血的大戮，明快的處決。

我怔忡良久，方才踩著虛浮的步伐走出美麗的咖啡館，眷戀間投以最終的一瞥，再轉身時，發現忠誠路上的臺灣欒樹花都開滿了，金雨正翩躚翻飛著，那黃澄澄的秋光，讓我瞬間起了明亮的暈眩，一種恐怖的倉皇。彼時空氣中彷彿升起一股少女的甜香，那是太妃糖的氣味，充滿著全心全意要攫抓住人嗅覺的恣意與張狂，迷醉的氣息瀰漫於鼻腔間。美原來也是種痛苦哪，我於是意識到自己終究成了這空間之囚徒、一壯烈之殉美者。秋涼小刀，華麗殺人於無形。

——原載二〇二一年六月十六日《中國時報・人間副刊》

熟女生日感言

生日過後一週的早晨，睡夢中被手機聲響吵醒，我睡意濃濁地「喂」了一聲，話筒彼端立即傳來毫不歉疚的嚷嚷：「妳還在睡覺啊？」「嗯，現在幾點？」「八點啦！」「那妳在幹麼？」「我在上班，看報紙喝茶呀！」是久未聯絡的好友W，在清晨綿邈朦朧的睡意裡，她強而有力的音聲，隔著話筒彼端不斷地撞擊著我的殘夢，我在床上嗯嗯啊啊地回應，內容大抵是抱歉忘了妳生日，補說的生日快樂算不算數之類的，我說沒關係，反正我也忘了妳生日，然後我說好睏，她說那繼續睡吧好命人，彼此結束談話。

雖然語氣冷淡，但其實心裡是歡喜的，在掛斷電話後的賴床空檔裡，有股暖意悄悄蔓延著。雖說到了這般年歲，生日是個太敏感的暗示，還不如低調些讓它逕自溜掉好，然而陌生的時空裡有個幾乎消失在妳生活裡的人，還能於某個晴朗的清晨，喝茶看報一剎那間腦中閃過妳身影，想來還真是浪漫感人。我開始在腦海中勾勒辦公室裡，陽光篩過百葉窗，斜斜映在W臉上的條紋，那色調、那溫度、那些光塊該有的排列方式；W開朗的音調在橙黃色的五線譜上跳動著，重新帶出如夢境般遼遠的青春歲月。十六歲夏天，我們在海島的黃沙地裡，邁開細瘦矯健的雙足奔跑、跳躍，發亮的小腿在陽光下閃耀著灼人的色澤，青春的肉體彷彿汁液流淌的蜜果，喀嚓一口滿滿的香氣便爭相迸裂、八方瀰漫。彼時的陽光耀眼，猶如此際清美的夏日初晨，然而時序早已更迭無數，我於是在夢境的枕隙間，一夕老去。

當「青春不敗」的咒語消失，每天清晨甦醒，我開始在意今日皮膚的乾燥程度，較之昨夜增添幾分？緊繃度又鬆弛了多少？我會對著鏡子擠眉弄眼，檢查抬頭紋、魚尾紋會不會如噩夢般轉眼溝渠密布？雀斑又是否成為全面籠罩著生活的可怕暗影？這正好印證了「膚淺」一詞——女人對於青春應該如何維護的議題，思慮所及的第一步，確實是停留在皮膚的表層斤斤計較。所以我們會對塑造「不明肌齡」的貴婦級保養品趨之若鶩；瀏覽書坊，「作熟女，不作歐巴桑」之類響亮又進取的書名，翻閱率也一定飆高，這是女性進入下一個階段的口號與宣言，「歐巴桑菌」變成全民公敵，預防上身、剷除務盡於是成為所有熟女的當務之急。

當然，我們也不忘多方由日劇、美國影集裡，尋找當代熟女理想的生活與思維模式，《熟女拉警報》裡的稻森泉，在赫然發現地位已被青春美眉威脅後，依然能找到自己的人生定位；《熟女真命苦》裡的篠原涼子，即使幾度迷惘，仍堅持貫徹「謝絕不倫戀」的自主意志。更不用說播出多年的《慾望城市》影集了，凱莉、莎曼珊、夏綠蒂、米蘭達這四名紐約曼哈頓的都會單身女子，簡直成為全球熟女的精神指標，她們的性愛觀念與時尚品味；她們對「友誼是女人可以期待的最好依歸，而男人只不過是蛋糕上面的糖衣」之堅持，雖然招來宣揚享樂主義、女性主義過頭的批評，卻也儼然引領一代風騷，以菁英品味提示了熟女另一種生活模式的可能性。

《慾望城市》尚牽連到另一段生日插曲。今年五月初，有貼心的學生早早來電預約見面，左商量右討論，最後敲定下午茶是唯一時段，「我們會帶著蛋糕去老師家慶生，不過茶要請老師先準備。」嗯，我的好學生們，居然說得出口。生日當天下午，壽星匆匆趕回家，準時備好茶湯，嚴陣以待賓客的光臨。門鈴響時，詭譎的氣氛開始隱隱瀰漫，蛋糕在顛簸的機車快遞裡，已略顯殘缺，學生誠懇地致歉，並預告「請期待禮物」。下午茶時間正式開始，此際訪客又從褲袋裡摸出骰子，說是怕冷場，思慮縝密地預備了玩物。於是在輕鬆的遊戲過程中，謎題便自然被帶出，「老師請猜一下生日禮物」，好的，「提示一，精神食糧」，CD吧？並不是。「提示二，電器用品」，兩個提示聯結，我稍作思索，嗯，真的有點難。「提示三，伸縮自如」，這……這不會太A嗎？我抑制自己往不該想的方向思索，然而禮物拆開之際，不禁暗暗咋舌，包裝紙裡迸出來的，赫然是大剌剌的跳蛋一枚，以及按摩棒一支。此際，我不得不再次驚歎，我的好學生們，居然送得出手。「這哪是精神食糧啊？」我在四十五秒尷尬的無言後忸怩地開口。「基本上，不能吃的不都是精神食糧嗎？我們覺得這很有療效啊！是從《慾望城市》裡得來的靈感唷！」

原來，現代熟女必備的條件之一，還包括這種方式的「性獨立」與「性自主」？當然，也確有學者曾經一本正經地討論過，從生理層面言，熟女經歷過一定時期的性經驗洗禮後，已經消除年輕時代的羞澀與禁忌，正式進入性的巔峰期；至於從社會層面言，在經濟條件相對成熟的情況下，能夠自主支配和行使性的權利，自然也愈顯重要。然而以上論點，就足以支持學生相信單身的熟女老師必然「需要」這樣的生日禮物嗎？我在當下非常有禮地致謝，也接受要求，承諾日後會「分享」使用心得。然而對於「性」這檔事，我的看法畢竟仍傾向於古典浪漫，我以為性的結合，應當是心理與生理的雙重感受；也因此少了精神層面的契合，手持缺乏溫度的「器材」反覆搓弄，對我而言，就不會是太愉快的想像。

那麼除了所謂「性」的愉悅享受，當代熟女的自主意識還應當表現在哪些層面呢？又有彩妝及時尚業者振振有辭地提出「輕熟女」的新名詞，指稱都會菁英女性，應當了解自己的魅力所在，凸顯自我個性，「享受流行但不被流行左右」。翻開雜誌，「熟女妝」的畫法、熟女服飾搭配指導等林林總總、不計其數，行家們並且強調，只要維持青春而純真的心靈與氣質，熟女依然可以繼續優游於少女專櫃，並且甘之如飴。

必須坦白，我也常出沒於百貨公司二樓，在試穿「卡哇依」服飾的同時，一邊暗自羨慕現在少女們的幸福選擇，一邊嗟嘆著「太可愛了，跟我的年齡不搭」，一邊並享受專櫃小姐「怎麼會？妳看起來就像少女啊」的虛偽讚詞。那一瞬間年歲的苦惱暫時消失，左顧右盼間，青春彷彿從魔鏡裡重新被召喚而出。於是興沖沖買下試穿服飾，並且急著找機會穿上身。然而不巧感冒來襲，我穿著新衣裳在課間服藥，卻被學生從藥袋上窺見年齡紀錄，驚叫一聲：「老師，妳已經××歲了喔？」那一瞬間熟女又灰撲撲地回魂，並且因由這聲提醒，心中頓時滿溢欺騙世人的罪惡感。

當生日宴過後，細心的戀人在輕撫髮際的浪漫指間，赫然發現白色蹤影，他若無其事地拔除，耳邊卻傳來心疼的哀嘆，此際趴在戀人溫暖的膝上，我扎扎實實聽到心碎的聲音。當信箱裡捎來的生日卡，以「防老化的祝福」為標題、以「忘了年齡這回事」為問候語，三十餘歲的熟女頓悟木已成舟，再不該掩耳盜鈴。危機感紛至沓來的同時，我很認真地在生日過後，思索「熟女」的意義究竟是什麼？學者說：熟女是巔峰期女性的總稱，真正的熟女應該擁有獨立的經濟、成功的事業、豐富的人生閱歷；有內涵，氣質優雅，自愛自信，懂得體貼和關懷。民眾在訪談中則表示，他們心目中的熟女，應當具備三項必要特質：自信的光采、成熟的魅力，以及理性的內涵與思維。這麼說來現代熟女果然命苦，背負了性感、感性加上知性美的社會期待，如此沉重的使命感上身，熟女還亮麗得起來嗎？

我討厭複製化的典型，寧願從個人經驗出發，重新爬梳自己應有的模樣。回首來時路，少女時期儘管莽撞，然而卻作了唯一篤定而正確的抉擇——自由的學術研究與教學狀態；這樣的抉擇令我在此後蒙昧的跋涉裡，自然走到今天的模樣。現在我擁有相對悠閒的生活、某種程度的自主抉擇，可以選擇希望做什麼、不願做什麼。當我窩藏家中竟日，而在非假日的傍晚，輕裝出門晃蕩時，下班人潮匆忙的步調與疲憊的表情裡，我慶幸自己不是其中一員。年輕的衝勁在時間之沙的淘洗中，已轉化為悠然自得的從容；青春正熟、瓜果已落，此刻，我只想要靜靜的生活——洞悉自己的能力與侷限，並且，安靜自在的生活。我的人生迂迴曲折地行至此處，最終只是一個「簡單」的解答；正如我的文字迂迴曲折地論述，最終也不過是如此簡單的結論。

——原載二〇〇六年九月二十二日《中國時報·人間副刊》

如果，你有一名窮親戚

這是場除了家屬之外，僅有十一人前來弔唁的告別式。其中八名，是甫入職場的獨生子平日並不熟稔的同事們；再有，則是往生者的友人代表，計三名。

躺在棺內的是大伯父，在我尚未知世事之際，他便離開故鄉金門，奔赴臺灣打拚。我與他關係生疏，原因有多重，其一，伯父其實與我們並無血緣關係，他是祖母當年從廈門買回的養子；其二，這養子自小不學好，鎮日逃學在外，祖母拿他沒轍；其三，及長情事荒誕、禍事連連，祖母對其更加死心。根據父親回憶，少時逃學的伯父不敢返家，每每溜到學校裡，趁下課時向父親伸手拿零用錢。經春至冬，他睡在廟裡、人家廊下，單衣抵不住風寒，也是夜深時父親背著祖母，隔窗偷渡棉被給他。年輕的伯父決定赴臺發展時，盤纏不足，更找到父親的工作場所，開口要錢。其時父親一人薪水，養家五口。

我不喜歡大伯父，對他甚且有些畏懼，雖則在有限的相處記憶裡，他總是闊氣得很。國小時曾被選派為代表，由老師領隊赴臺參加研習營，我們搭了十餘小時的船，在風浪翻滾中嘔吐著抵達高雄，再連夜趕搭火車來到臺北。大伯父得知消息，立刻魯莽地跑到和平東路，立馬將我帶走。為了表達歡迎之意，他要我在百貨公司挑件新衣，「不要客氣，我出錢！」拍著胸脯，伯父相當豪氣地表示。其時，我首次與傳聞中的第二任大伯母見面，她帶著正值二八年華的女兒，與伯父再婚。少女專櫃樓層充滿了蕾絲花邊和蝴蝶緞帶的柔軟視覺感，讓村姑如我彷彿進入白雪公主的幻境。然而四人同行遊逛，大伯母卻自始至終繃著張臉，她像童話裡的後母，對著青春期的姊姊說：「我們挑我們的，也不用客氣。」

後來我才知曉，大伯父自幼逃學，大字不識幾個，到臺北之後四處謀職，也只能到工地打打零工，生活其實絲毫不寬裕。但為了體現善盡地主之誼的熱情，他領著我去逛終年難得走逛一回的百貨公司、購置必須花費竟月工資的衣裳，此舉自然令另一半吃味。這是伯父粗拙愛心的表達，在霸氣、闊氣中掩藏著不願被人瞧不起的辛酸。

伯父的另一半後來因豪賭而債臺高築，兩人終於離婚。此後，祖母與伯父的關係愈加敗壞，他也難得回返金門。拖到五十開外，經人介紹，娶了第三任太太，我的新伯母瞽目，行動不便，約莫因為如此，才委屈嫁給年歲已大猶居無定所的勞動者。儘管如此，夫妻倆仍生了個兒子，伯父有了後代，老來得子，自然甚感安慰。記得當年與小堂弟初次謀面時，他已是活蹦亂跳的年紀，伯父不改一貫愛教訓人的習氣，扯開大嗓門對著我說：「妳是姊姊，要好好教導照顧妳這個弟弟。」我心裡嘀咕著：根本極少有交集，年紀又差那麼多，到底該如何照顧？一面想起約莫也是這般年紀時，當時膝下尚無子的伯父回返金門，曾帶著年幼的我到文具店，我挑了款色彩繽紛的鉛筆盒，伯父大方地從架上取下另一個，說是也給妹妹買個禮物。「妹妹剛剛才買新鉛筆盒耶！」我說。沒料到伯父為此狠狠訓我一頓：「只有妳買禮物，妹妹就沒有？做姊姊的不能這麼自私。」當著文具店老闆的面，我噙著眼淚，心裡充滿了被誤解的莫名委屈。

伯父對自己的孩子，約莫也將以這般粗暴的方式來教育吧？不給解釋機會、毫無通融餘地、強制灌輸自以為是的道德教訓。看著天真的小堂弟，我暗暗為這孩子擔心。然而，此去經年，竟是到了堂弟念研究所階段，生疏的家族才在婚禮場合裡重逢。十餘年間，我曾聽聞伯父屢次向親友借貸；一家遷徙多方，父母曾經到三重、板橋、蘆洲等處探望；每逢開學季，父親也會從金門郵匯款項，資助小堂弟的註冊費。但作為子輩的我們，無論如何亦不願與上一代親族多所接觸，因為教訓是永遠聽不完的，麻煩是永遠不會終止的。

而大伯父彷彿也是永遠不會改變的，無論是外貌，或者行事風格。多年後，當我終於循址來到陌生的居所，見著久未謀面的伯母時，一切恍如昔日。伯母戴著墨鏡、坐在桌前，手不停歇地摺著紙蓮花，她對來者哭訴臨終前伯父的種種負氣行徑，那完全是率直魯莽的他。我在臨時設置的靈位前拈香，照片裡的伯父，除了兩鬢微霜之外，那皺紋深刻的額頭、炯炯的雙眼、黧黑的臉龐，與印象中並無兩樣，反而臉部粗硬的線條在攝影師修飾下，添了幾分慈藹。然而倏忽間，他已成為被祭拜的對象，只是靈堂裡少了唸誦佛經的超度，也不聞哭天搶地的嚎啕。

午後這臨街的家是安靜的，伯母因眼疾之故，行動不便，顯然無法經常性走訪親友，伯父晚年亦罕出門。多年來，這一家子約莫過著默默在底層掙錢、掙生活的日子，在城市與城市不為人知的邊角，他們緩慢而認命地移動；在債主與債主交替臨門的縫隙，他們謙卑而僥倖地找尋生機。我在沉寂瘖啞的空氣裡，勾勒著伯父晚年的身影，揣想舊時他行走的足跡。我想到我們這些伯父口中的「讀冊人」，總是吶喊著要關懷弱勢，在需要捐款捐助物資的時刻，慨然共襄盛舉；我們認領偏鄉貧國的孩子，按月接收他們的信件與現況報導照片。然而，當身邊就有一名親戚，如此具有實存感、如此迫近地存在於生活視野裡，我們又會如何對待？不，不要找上我，我不想多所牽扯。我們敬而遠之，如看待瘟神般。

所以，半輩子為生活所迫，輾轉於餐廳、妓女戶等不計其數的場所打雜，經年擔任洗碗工、清潔工，年紀一大把終於娶妻生子的大伯父，在臺北都會區的底層打滾，年老體衰後退休。這樣的勞動生涯裡，流宕的交際網絡，終究只能如此貧薄：親人少數，友朋三名。告別式最終，我們繞棺行走，看到的是伯父瘦小而灰敗的遺軀，彷彿象徵性指涉著他在人世的渺小存在。禮儀公司的工作人員一再叮囑著不要回頭、不要回頭，順時鐘往前繞行。是啊，如此畏懼著牽纏不斷的我們，何敢回首？

還記得家中始終保留著小堂弟幼稚園的畢業照，那是伯父多年前鄭重從臺灣寄回，作為家族命脈傳承的隱形宣告。即使幼年離家、養母不歡、家族殊少聞問，但伯父晚歲屢屢返鄉掃墓，也在金門四處走逛，尋兒時歡遊之友、舊時戲耍堂屋。所謂葉落歸根，父親說若有任何線索，伯父亦必將往廈門尋他坎坷身世。

然而一切無非徒勞，沒有生身血脈的消息、沒有養父母的疼愛，也沒有贏得晚輩的敬重。人說生死哀榮，但在大伯父身上，我看到的原來是生命的輕賤、枉然與命定。想起伯父故去後，伯母曾表態希望我們幫忙「作旬」。母親在電話裡詢問意願，並且略做暗示：「伯父膝下僅有一子，人丁單薄，若妳們不去，場面會很冷清。」「不要啦！我們跟他又不熟，而且這樣很假耶！」我記得當時，自己以沒有情感基礎、虛應故事的儀式不具任何意義，斷然拒絕。

如果，唉！如果你也有一名窮親戚，我想問在情感、道德與偽善之間，這門世間功課，究竟該如何落筆？

——原載二〇一三年九月九日《聯合報・聯合副刊》

借來的告別

阿則西（아저씨），她們稱呼你「勇烈阿則西」。

在我眼中，你確實始終是大叔模樣，多少年前走在大學校園裡便是，微胖的身軀、蜷曲的髮、輕微的落腮鬍渣以及遠遠走著笑得瞇瞇的眼，你從長廊彼端腆肚搖晃而來，彎腰恭敬道「老師好！」錯身行過時總是傻笑著招呼。離開校園後，我與你也曾有過多次的巧遇，一回在緩慢行進的車陣中瞥見你街角獨行，我想撥手機呼叫，匆忙間卻找不到號碼，下回行進間遇見你時，說起此事，熙來攘往的背景中，你爽朗的笑容占據了我整面視野，「我就住在這一帶啊，老師。」又一回，是在大學後方的午間巷弄裡並肩行過，「你怎麼會在這裡？」「我現在換到附近的旅行社上班，老師。你看，前面那是我老闆，大箍呆。」你操著韓國口音說臺語，我忙不迭地制止，「沒關係啦，老闆聽不懂臺語。」你才像大箍呆咧，當時我想。

現在回憶起來，熱鬧的市街、清寂的巷弄，我看到的你彷彿永遠是大手大腳的獨行者，其餘的人都只是路過。年長班上同學整整一輪的你，多年來僅有少數往來的好友，後來她們整理遺物時，說是置身於彷彿香港鬼片場景般的旅社裡，迎面而來的關公像，進入房間後桌上吐血的遺跡、地上的嘔吐物，最後因渾身發冷而泡澡的浴缸、浴缸旁意識模糊時以為能夠取暖的酒，那陰暗潮濕充滿異味的空間，我不忍聽、不願想像，原來你活在世間數十年，「逆旅」是象徵也是實境。

那年赴首爾擔任交換教授，臨行前我向還在臺灣求學的你呼救：我就要去韓國了，卻一點都不懂韓語，勇烈阿則西，趕快來看我。「十月分我就回韓國了，老師等我。」你說。我們在外國語大學相遇，異鄉客終於等到援兵，然而原來故鄉對你也已早成異鄉。從你的陳述、由旁人口中我一再聽聞傳奇：兩班貴族後代、兩棲部隊出身、棄醫從文的種種經歷，那日在首爾街頭，你重新拾起淒涼身世，原來家道中落後親族紛紛走避，父母亡故、家屋無存，而立之年，你將僅有的退伍金留給在首爾的妹妹，隻身赴臺讀中文，而妹妹之後往澳洲工作，「我在首爾已經沒有家也沒有親人了」，但是你說還是要請老師吃飯喝酒，「因為我是地頭蛇啊！」你又呵呵笑了起來。酒酣耳熱之餘，你大爆內幕說每回往返，都將臺灣帶回的茶葉高價賣出，然後機票就有了著落，雖然大叔僅年少我四歲，然而孩子氣的思維和行徑教我哭笑不得，師生之誼則讓人勸阻也不是、讚賞亦不宜。

說笑間你卻依然舉止有禮，敬酒時舉杯掩口、身子微微側偏，我想起她們說幼時蒙爺爺督促，你書法練得極佳，與人有誤解時負氣發的簡訊還會作詩，是「君不見，管鮑貧時交」之類讓對方氣惱兼歎賞的句子。儒者般的家學淵源彷彿隱約可見，然而你揉合了莽撞氣質的諸種莫名行徑，卻總是讓我們困惑或發笑，聚餐時談起阿則西，我說在韓國時逛書店，阿則西特別找了韓文版的《中國戲曲史》，說是學分快被當掉要惡補，真是有心向學，大夥兒隨即表示：「阿則西最愛在老師面前裝模作樣了。」說笑間又談起你酒駕遇臨檢，佯裝成不諳中文的阿里郎；被識破後又謊稱瓶中物是礦泉水的糗事，還有人責備你嗜酒如命、喝得太狂，「有一回醉了，阿則西居然哭喊『我想我娘』，我於是回了句：『你娘上天堂都多少年啦！』」有人補述，笑聲瞬間爆開，在熱炒店喧鬧的浪裡起伏迴蕩著，我們激動得滿眼是淚，笑完了卻突然想哭，那些時刻，你都是不在場的存在。

不在場的你，已經從我們的世界退出，或者其實從來極少參與的你，忽爾在陽光明媚的日子裡重回大家的視界。晨起聽聞噩耗，是在晴朗溫煦的一年之初，我默坐良久，暖日裡升起寒意，這世間果然從不為你而燦爛或悲傷。你口中曾經充滿傳奇性的青春經歷、曾經受過多少鍛鍊的強健體魄，如何在正值壯年之際，摧殘若此？其實後來的後來，我們聽聞愈來愈多的糾紛與欺騙，熱炒店門前口角、越南一年受難經歷，解悶的酒精帶來更多難以平復的憂勞。回憶起昔時你在KTV裡引吭高歌，〈北風〉、〈驛動的心〉，低沉嗓音吟了一首復一首，如泣如訴卻讓旁觀者發笑，我們說你外型是張鎬哲的崩壞版，卻畏懼去碰觸歌聲裡的滄桑，阿則西的困境無人知曉，也從來無人願意抵達。我揣想你彼時的辛酸，還有那些縱酒解愁不聽勸告的夜，都在煩惱些什麼？那些從旁人口中聽聞你胡言亂語鬧的種種笑話、如孩子般的哭訴，那些這些，原來都是你面對內在孤寂的方式，與變形。

依稀也想起很久以前的夢境，你在夢裡叮嚀老師別跟遠在異國唯一的妹妹，陳述進出醫院的狀況，不然會被罵，你說。明知會被罵，但止不住的就是想喝啊，我知道，希望我們都能了解。漂泊逆旅間的你，默默忍受著腹水的壓迫、呼吸的窘促，從不願意讓他人擔慮，最終，那麼善意地留下「我這一生活到現在值得了」的感激，而後獨自坐上救護車，回到心念繫之的母親身邊。從棄離世間到告別式完成，短短三天，不驚擾太多人、不勞動太多物事，你謙卑如微塵，渺小似螻蟻。然而臘八後數日裡，竟迎來冬季罕見的陽光普照，於是我想，這或許就是你小心借來的，對世間美好而珍重的告別。

那麼再見了，請好好走吧，親愛的「勇烈阿則西」。

——原載二〇一七年三月一日《聯合報·聯合副刊》

輯三

又冷又透明

餘震

許多年之後，人們將記憶那場地震是臺灣二戰後傷亡損失最大的天然災害，而正確時間點也將如魔咒般一再被複誦：一九九九年九月二十一日凌晨一時四十七分。然而在劇烈搖晃的當時，我們顯然不會知曉自己正經歷著歷史性的一刻，持續長達一〇二秒的動蕩裡，我只記得意識朦朧間，身邊的人火速將棉被覆蓋住彼此頭部；而在倏然驚醒之際，我則反射性掀開棉被，跣足奔向數步之遙的嬰兒床，那裡頭睡著初生甫半年的嬰孩。像深恐脆弱的玻璃應聲碎裂般，我撫摸懷中幼子粉嫩的臉頰，查看是否有受到驚嚇的痕跡？小嬰兒沉睡方酣，我抱著他坐回床上，一時間沒有主張。

一〇二秒之後，男人決定立馬下樓，我們倉皇出逃。住家附近即民權西路捷運站，我清楚記得半年多前同樣的凌晨時分，如何在此搭上排班計程車，匆促趕往附近的馬偕醫院。時值春節期間，羊水卻無預警來襲，我拎起早已置備好的衣物袋，一邊顫抖著坐進車裡，一邊擔心胎兒是否早產，凌晨的冷空氣像碎裂的冰塊般，在我齒間切切剁咬著。

之後當然是場驚天動地的撕扯，然而半年前體內的戰爭，在半年後轉為外在的震蕩，那一夜，整個臺北市瞬間被扯斷了線，通訊斷絕、漆黑一片。我們和其他家人通不上電話，只能與捷運站附近道途相遇的陌生人們相濡以沫，彼時路人即親人，大家互相吐露內心的驚懼與惶惑、關懷與善意。難熬的一夜辰光裡，聽遍長吁短嘆之後，我起身推著嬰兒車，在暗黑的小空地周遭四方盤旋，一回又一回。我反覆思量著自己是如何走到這裡的？跋涉了許多道路，經歷了愛之創痛與彌合、絕望與希望，在將臨的而立之年裡，這場地震意圖為我搖搖欲墜的人生帶來何等啟示？

此前，生活其實已開始有了些微妙的變化，婚姻對女性而言，本就是場難以逆料的震蕩，帶著二十多年來從原生家庭得到的教養與習性，走入另一個全然陌生的家庭，重新學習另一套教養與慣習。原來有些人家餐桌上的話題，是菜價換算、烹調手法與口味鹹淡，如何準確說出盤中菜餚名稱、精肉部位？我回答得好拙劣。離開餐桌，進入下一道習題，那些本土長壽劇裡上演的家族紛爭如何看待？婆媳關係如何引以為戒或見賢思齊？什麼時間點我該做出適當的回應？太難太難了，我向男人抗議，為何獨留我在空曠的客廳裡進行模擬考？男人嘻皮笑臉說，為了讓妳早點習慣。

那麼忙著不斷補考，下一份測驗卷又提前開啟。我曾以為那是全新的體驗，多麼認真地研讀了新手媽媽教戰手冊、新生兒養育指南，多麼誠懇地向前輩們請教考古題，然而當我興致勃勃，準備迎接新生命時，主考官推翻全局，重新擬定作戰方略。彷彿誤闖了中古考場般，生活裡一片時空錯亂。然後就在感知失調的窘境裡，真的迎來了四分五裂的震蕩。

一切打散再重建，在那樣漆黑的夜晚，終於，我在小廣場裡靜靜坐下，回顧了愛之消亡、怨懟之起，凝視著眼前的婦孺壯者、青年佝僂，多麼魔幻的瞬間聚散哪，人與人之間關係的聯結，原來是如此隨機而隨緣。然則我們仨難道不該堅守住自己的小宇宙嗎？危城傾圮的末世感裡，我暗暗許下這樣的心願。

那時我並未意識到，地震搖晃原來可能是板塊早已移動的證據，而動力來源一旦開啟，生活裡大大小小的剝落便在所難免，一時粉塵飛揚，一日魂飛魄散。我眼睜睜看著牆上的裂痕不斷地加深擴大，牆右方安居著如如不動的男人，他指認了家庭的和諧美滿，有妻有子有父有母，瑣事全盤照料，他便無後顧之憂。然而持續位移到牆左方的我卻感受到了生命的強烈震動，臂膀太瘦弱，立足之地太逼仄，我懷抱著嬰兒，承擔著家庭、親子、職場每一種新身分，卻恍如孤島般，一再被推擠到世界的邊緣。

隔著不斷加大的裂痕我遙遙呼喊，聽到的卻永遠是自己微弱的回聲。

於是每個夜晚，在燈火輝煌的家庭歡聚之後，我開始習慣推著嬰兒車，重複地震夜裡小空地周遭，一回又一回的四方盤旋。路燈微弱的光線底下，再沒有當時喧嚷的人聲，再沒有從每盞燈火後走出的魔幻人群，然而我感到安適而自得。黑暗中我對著嬰兒車裡的稚子，聽他咿呀含糊的呢喃，俯身嗅聞他身上浸泡著奶油的乳香，捏弄著米其林輪胎般圈養的大腿和肥嫩引人垂涎的小腳丫，感覺這是我此生最大的成就。然而我好累哪，寶寶，除了彼此相依於孤島，我沒有任何奧援，母者的身分令我驕傲，然而生活裡其他的角色扮演，卻都太過蹩腳，我意識到自己原來是錯置於家庭板塊中的不和諧之音。

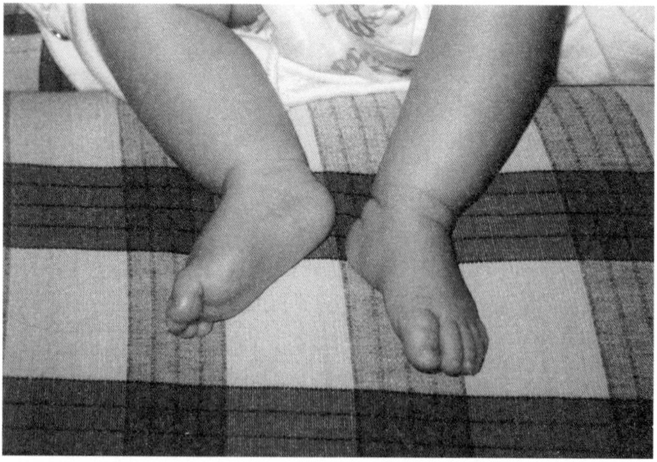

小腳丫

在推著嬰兒車惶惶奔走的時日裡，並沒有人察覺到燈火背後，一名母者挾帶的長長陰影。寶寶在移動的車裡逐漸酣眠了，我將他抱回安穩的床上，偶爾望著濃密的睫毛和鼓脹的嬰兒肥雙頰，也會滿足地睡去。然而更多時候，我起身離開，獨自走到街角的星巴克，在二樓氤氳的燈光裡，書寫著滿紙忿悶。手札裡再沒有年少時觀照生活的敏銳和餘裕，一如彼時在空間裡所感受到的莫名生疏，夜談文學的青年們、角落品味單人閱讀的中年男性，咖啡香與樂聲流淌，這些都已經消失在瑣碎世界的一隅。近在咫尺的兩處空間，展示了截然不同的人生景況，卻都沒有我容身之處。夜更深了，我拖著尾隨不散的陰影，回到道路另一端的「家」，書房裡男人伏案的背影巍然不動，臥室裡小小的嬰兒吮指微笑，並沒有人意識到一名女性的暫時脫逃。

所以，如果我就此永遠離開了呢？天地倏然間又一震蕩，我望著嬰兒床上的孩子，機伶伶打了個冷顫。火山要噴發了，板塊又要開始撞擊了，衝決網羅間，牆上粉飾的裂痕斑斑剝落，「妳就是讀那些女性主義讀壞了」，被堆置於客廳一角的書架在重擊中哐啷解體，美杜莎的笑聲迴蕩於荒寂室內，寫給年輕女性主義者的信散落一地，自己的房間從來就是神話，何處是女兒家則在角落哀嚎，戀人絮語已支離破碎，還有什麼解讀瓊瑤愛情王國抓起頭髮要飛天紛紛失效，女性主義經典無法解釋我在親子關係婚姻生活裡所面臨的掙扎與困境。

耶誕夜，我們在中山北路上的小診所裡，又經歷了一場精神與肉體傷害。走出婦產科時，望著沿途飯店大廳裡閃爍的聖誕樹，耳裡聽聞聖善夜天使報佳音，一切如夢幻泡影，彼時我唯願帶著嬰兒返回故鄉海岸。離島能接納破碎的我，我渴望生活在他方。

冬天過後，從故鄉歸返，小空地四方盤旋的時日終於走到了盡頭。據説地震是地球生命力的自然表現，我們無法避免災難，但災難之外，是否也有生命力釋放的可能？我在隔年隆冬，離開居停了近三年的中山北路，然後開始更多年走過中山北路，接孩子共度週末的椎心之痛。

曾有一個深夜，我

金門海邊

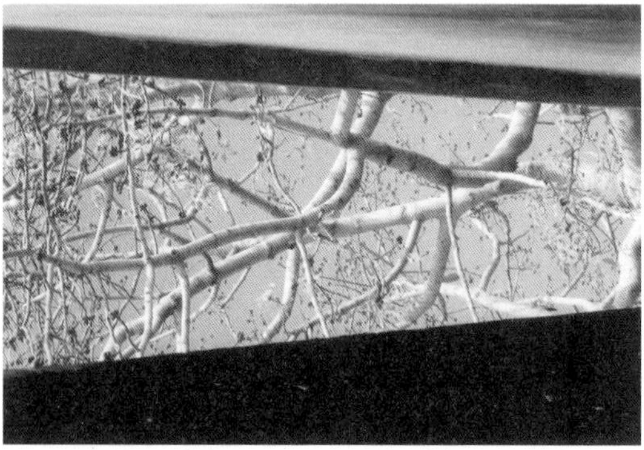

金門，樹之隙

被電話告知孩子整晚排著玩具小汽車不睡覺，他說，他要搭車去找媽媽。在凌晨飛奔於中山北路的計程車上，我止不住滾燙的淚水，一路看著掠過車窗的馬偕醫院、法國巴黎婚紗館、麗嬰房、蕭繁雄婦產科，還有更遠一些，路盡頭的星巴克咖啡館。宛如一場年輕歲月的縮時攝影，我在此經歷了生命的幻夢與失落、狂喜與悲哀。我彷彿看到孩子也將走過中山北路，從稚幼的身形慢慢長成高挺的青年，然而我再也不能陪在他身旁，一如往日推著嬰兒車的夜間散步。

那一年的生命經驗是永遠的痛，中山北路成為一種物質標誌。許多年之後，人們將驗證地震並無法摧毀某些巍巍然矗立的高聳建築，鋼骨結構、銅牆鐵壁，那比人心還堅硬。然而它們也日日折磨著崩摧的人心，馬偕醫院法國巴黎婚紗館麗嬰房蕭繁雄婦產科星巴克咖啡，潛藏在我體內的餘震，一直試圖粉碎這些物質所帶來的記憶，它們在我心中所引發的動蕩，始終沒停過。

——原載二〇一九年八月十七日《聯合晚報・聯晚副刊》

一日

「妳找什麼麻煩？看我們不順眼就對了！是不是？是不是？」我頹坐在床上，話筒裡傳來持續性憤怒難當的詈罵，一聲，一句，鼓蕩著已經脆薄如紙的耳膜。音聲真是具有穿透力的，在這些時日短兵相接的舌戰裡，所有毫無意義的話語一次次隨著聲波竄入腦門、流淌在血液間，它們嗡嗡環繞、營營侵擾，而我的身軀，轟轟欲裂。是夏日躁熱的時節，窒悶的氣流被風扇無力地拖行，沉，沉，彷彿要沉到底了，混凝土的腥澀味卻在沉到底的滯重裡捲捲而上，似乎要做最後掙扎的撲飛。門外即廢墟。這是施工中的家，透過臥室的門框望出去，陽臺有起重機在烈日下閃著橘色的鏽光，客廳裡堆積了廢磚廢瓦廢垃圾，壁飾毀棄、櫥櫃傾頹，這是殘敗的家。而我困坐在危樓上小小的安居之地，聽詈罵。

母親和小弟的身影來到面前，他們將一座矮櫃搬到我的腳下，然後是晾衣架，然後是烘碗機，然後，是一箱又一箱的書。整間臥室裡充塞了大大小小雜亂的物件，彷佛耳邊那些瑣碎混亂的指責。「別再講電話了，來幫忙。」我覺得臉頰上有水漬緩緩行過，像滯重的氣流在爬行，也像前日因施工而滲水的牆壁，那面坑坑疤疤的風景。「怎麼了？」母親一抬眼，愕然發問。等不及我回應，她隨即又喃喃自語著：「工人明天要鋪地磚了，得趕緊把所有家具都搬進來。」他們繼續行走、移動，扛進大小物件；我也繼續種種無聊的爭執，「狡辯！」終於，在聽到最後一句怒吼後，我輕輕回了句：「對不起，那今天我不去接小孩了。」通話結束。

門被「砰」地一聲給關上，是母親和小弟。在一上午的勞動後，他們大約去吃中飯了。我一直呆坐在床上，滿臉鼻涕淚水糊出一個失焦的視野，這回，再無法透過門框望到陽臺上鏽亮的起重機了，觸目所及是架子、矮几、矮几、架子……，然後是門外的工地。這是真的嗎？眼前出現一幅浮動的風景，在正午烈日的烤炙下，氤氳迷濛，空氣中漂浮著灰色的塵埃，緩緩在眼前游移，以一種籠罩的姿態，靜靜吞蝕著整片雜亂的空間。我像夢遊般離開床上，走向曾經的客廳、現今的廢墟。我站在一大堆混凝土旁，環顧周遭，這是真的嗎？方才已消失的，以及現下正存在的，無一不是怪異的場景。彷彿張愛玲筆下那唱蹦蹦戲花旦的女人，在高樓叢林裡，今日所見俱是莽日狂沙，但我是誰？如何竟走到這般境地？我到底不是荒原裡處處可以為家的女人，只是都會裡軟弱蒼白的靈魂。

我在臺北的烈日下艱難地移步，來到假日午後孩童的天堂。歡樂麥當勞。屋內奔竄的是笑鬧、尖叫以及哭嚷的童音，小小空間裡喧騰著永遠無憂的熱鬧。遊樂區內，孩子們追逐著嘻嘻言笑、搶玩滑梯；遊樂區外，一名少婦身著無袖連身碎花洋裝，外罩灑金蔥線衫外套，她披就一頭波浪起伏的長髮，慵懶望向室內玩樂的小孩。身旁的菲傭立著，正來回輕推嬰兒車，黝黑清瘦的身形下，有髮絲鬆鬆束在腦後，臉上則脂粉未施，她一面細聲哄著車內的嬰兒，一面回應主人閒閒拋來的詢問。對面的情侶摟抱、親吻、打鬧，音樂在壅塞的空間裡薄而尖銳地穿行。半晌，嬰兒的哭嚎聲忽爾破空而來，菲傭急匆匆將她抱起，拍著、搖著、來回踱著，我看到那少婦伸出雙手意圖接過嬰兒，她卻膩在菲傭懷中不肯回應媽媽的擁抱。都說小嬰兒是現實的，誰給他的照顧多，他就跟誰親密，這當是個不常褓抱的母親，然而，「母親」的意義是什麼？是永遠不悔的犧牲奉獻，還是永無止息的疲倦與空虛？在怠忽與重擔之間，是否還有個平衡點，可以讓現代婦女適度、適量地克盡母職，而免受挫折與道德譴責？這是我的困境投射，我心傷悲。

懶懶啜飲著咖啡，眼前風景隔著距離、隔著混雜而模糊難辨的聲浪，以默片形式一幕幕滑過。此刻，世界兀自叫囂著屬於它的熱氣蒸騰，然而在滾燙的幸福之外，我能感覺室內的冷氣正一吋吋刮蝕皮膚表面，細滲地、緩慢地逼出周身凜凜寒氣。耳膜早已將所有無意義的喧鬧隔絕，只留下兒子稚嫩的童音，在另一個空間裡迴蕩：「媽咪嗚……」，他嚎啕大哭時會以委屈的聲氣哀哀呼喚；「媽咪咦？媽咪咦？」他一覺初醒時會倏然坐起，以無助的語調急急相詢；而當心情愉悅時，他會舉起矯健多肉的雙腿，像部坦克般跌跌撞撞衝來，口中歡唱著：「媽咪喔！」此際，我想念孩子奔跑的身姿、小巧靈活的雙腿；想念那一聲聲世上最美的天籟、人間最親密的召喚，然而，作為一名被判定「失職」的母親，我只能自我放逐在麥當勞裡，看家家戶戶的小孩，嬉鬧無休。

鬧中成靜，火裡藏冰，這些錯置紛雜的體感，牽扯出長久以來扭曲的生活形貌。眼前的默片交替成斷裂畫面：一個燠熱欲雨的長夏午後，我困坐暗沉沉客廳裡，悶悶感受著體內蒸騰的躁鬱。周遭闃無人聲，地上奶瓶、尿片、玩具散放，還有孩子午睡前留下的餅乾碎屑，它們招來一隻、兩隻螞蟻雄兵的覬覦。空中忽爾飛來小蟲盤旋，我在沉滯的空氣裡靜靜看著它往來游移，撩亂眩暈，猛一低頭回視沙發布面，卻見數以百計的螞蟻，呈放射狀四散奔竄、團團蠕動，就近在左手臂移動可及之處。那個恍惚間錯見的圖景令我震慄不已，彷彿倏然與幽微的內在照面，在平靜的空間裡逼出一個紛雜、迸裂的自我映象。另一個滂沱的深夜，我拋下睡眠中的孩子、電腦桌前敲打不息的丈夫，在雨夜裡疾行市街，內心充滿了離家出走的衝動。然而我不能夠，最終不過坐在距家十分鐘遠的咖啡屋裡，用碎裂的字條喃喃書寫著苦惱、不安與憤懣。還有清晨時分從睡夢中驚醒的啜泣，想到沉重的一天、周而復始的消耗，我奄奄待斃。最難堪的場景是那個刷洗到近乎泛白的潔淨客廳，日復一日，我們在裡面排排齊坐，謹慎地揀擇話題，思量著該如何評論關於食物的烹調、旅遊的價差等等瑣碎而我全然無知的命題。最後是我們的爭執，每一個字句自口中吐出後，都如水晶般折射出多角度的理解與詮釋，於是我們只能在各自的稜角裡囂囂嘶喊，伸手即冰窟，我們言語斷絕，路堵車休。

冗長紛亂的回憶，冗長乏味的一日，正如眼下單調的街景。坐在傍晚馳往淡水的捷運上，天色昏暗中我數著一棟棟灰黑的建築，覺得那些燈光昏黃的窗口，都像深不見底的窟窿，空隆、空隆，人在其中，不知不覺便陷入一個又一個攀不到出口的故事裡。出了站，順著人潮往老街走，蜜餞、金線蓮、稻草人，各地特產將淡水妝飾成毫無特色的觀光景點；轉往河邊，香腸、鐵蛋、烤魷魚又將擁擠的河岸掩埋成大垃圾場。我在黏膩的汗臭與脂粉味裡，苦苦思索著該如何突圍，卻有一稚嫩的嗓音將我喚住：「吹泡泡嗎？阿姨！」低頭望去，小魚小象種種玩具造型簇擁著姊弟倆。「這隻槍比較好，會發光喔！我玩給妳看。」小男孩興沖沖抓起地上的商品，開始示範泡泡槍的用法。「多少錢？」我隨口問道。「一百塊！」「便宜點好嗎？八十。」「嗳，弟弟，她要講價耶！」女孩用自以為微小的音量賊賊地和弟弟咬耳朵。「九十，八十的話不附電池哦！」商量片刻，弟弟抬起頭來，堅定的表情搭配很用力的咬字。我笑笑，掏出錢來銀貨兩訖，一邊游目四顧，好奇著家長怎放心讓小孩和大人談生意，「你們幫爸爸媽媽賣東西哦？」小姊姊臉色一沉，這回兩人都不發話了。是另一個找不到出口的故事嗎？我彷彿誤闖人家窗口般懊惱。

然而大部分時候，人們還是歡樂的。坐在鐵欄杆上，黑裡傾聽後背滿河邊笑語淙淙，那些聲浪近在腦後，此起彼落著假日裡闔家出遊的幸福，叮、咚、叮、咚，我數著它們彈跳入水裡的節奏，不多時便漸行漸遠、音聲渺渺了。而眼前是河岸，有廢棄的竹筏、軟綿的泥淖。我取出剛買的泡泡槍，對著長空靜靜吐出一串大小泡泡，它們在漆黑的夜空裡無力地上升，有些飄遊不遠，便虛浮地沉落在朽爛的竹筏縫隙間，輕易地碎裂，輕薄地消散，一如婚姻、一如愛情、一如人所嚮往無邊無際地老天荒的幸福。對岸山上的燈火閃爍，我想起從前某個深夜和友人驅車遊山，從高處俯瞰腳下的煙塵滾滾，那一刻我們誰都渴望縱身躍入底下溫暖的窗口。然而如今，晃動的雙腳下滿是陷人入淖的軟泥，身後左衝右撞的人群稍一推擠，便能輕易置我於拔足不出的窘境，這便是人生，困坐於危樓上小小安居之地的人生。

在這奇異的夜裡，種種細微的物事彷彿都包藏著祕密的提示。我能清楚聽到左側溜冰場上滿是兒童的嬉鬧，碰碰車在裡頭相互撞擊，發出歡樂到不知如何是好的傾軋聲，吱嘎吱嘎、吱嘎吱嘎。我所渴想的生活，其實只像碰碰車上旋律單純的童謠般，一遍一遍，反覆著平和的樂章。然而和平是什麼？幸福又是什麼？身邊的人群與笑聲如此清晰可聞，此刻於我卻覺得虛幻無邊；唯一真實的，是遼遠的河岸彼端。在那闃暗的夜幕裡，我看到孩子拎起小鞋，迸迸下樓如鳥雀撲翅而飛。那是近日殘留的夢境，我清楚記得自己在暗夜裡飛奔直下，卻追不上孩子小小步伐的慌張。我在小巷中狂亂穿梭，想繞道相尋，卻又怕他筆直朝前奔跑，一往無回，終至與母親錯身。

音聲漸杳，人群消歇。河岸邊飄來最後一個稀薄的泡泡，輕輕地，我用手掌朝前托住，想起過去某個陽光燦爛的午前，我在寬廣的公園綠地裡，用泡泡槍揮灑出一個又一個的彩色泡沫，孩子興奮極了，肥胖的小手使勁撲打，一路咯咯亂笑著。我在他小鴨亂划般的學步裡，看到了美麗的憧憬——孩子的身後將會有穿上圍兜兜的稚拙模樣、還會有背著小書包上學的未來⋯⋯，一步一步，我將看著他把節奏踩穩，慢慢長大。然而真實的是夢境，虛幻的是人生。持續性的噩夢不斷驚擾我，在離家前後，我始終夢見自己奔走於烈日下，惶惶不可終日；而懷裡的嬰兒面頰酡紅，高熱不退，在朗朗乾坤下燒出燎原大火。那是一場生命的大火，將所有想望焚為泡影。

夜深了，我回到斷垣殘壁的廢墟裡，繼續吹出一個又一個再也無人追逐撲打的泡泡。我看著它們靜靜隕落，在瓦礫堆裡、在灰色的塵埃間。

一日經年。一日。將盡。

——原載二〇〇五年九月二日《中央日報．中央副刊》

臨界之旅

春天賞櫻，夏日看薰衣草，秋來有楓，冬季觀雪；所有的旅遊情報都這樣描繪北海道。然則冬、春之交呢？這是尷尬的時節，嚴寒的冬雪還未融盡，灼灼櫻花也來不及履足北國。就在這樣的節候裡，我們來到了道南。

這是平常日子裡的一段平常旅程，沒有絲毫準備，只在行前匆匆收拾幾件換洗衣物，便帶著冷肅的心情，以及經久不癒的重感冒上路。一出千歲機場大門，迎面而來的寒氣讓我禁不住瑟瑟戰慄，冬尚未盡哪，雖然戶外一片陽光灑然。「北海道今天很難得放晴呢！」導遊沿途絮叨著昨夜如何如何地寒冷，「下過雪要放晴的前一晚總是這樣的」，他說。而此刻，我的鼻水清清而下，涓涓的聲響近了。

四面環海的島國，初來乍到，自然得先對當地人引以為傲的海中族類作一了解。穿行在鮭魚館陰暗的甬道裡，彷彿與整個海洋共體神祕的呼吸，在日人認真盡職的導覽下，我們化身為魚族，親歷了鮭魚三年離家，而後不吃不喝，長達五十餘日的返鄉途程。如此遙遠的歸路，沒有親族先輩的前導、沒有水藻珊瑚的沿途誌之，在茫茫海域裡，牠們嗅聞什麼氣息？聽取何等殊異於他處的召喚？而萬般艱難險阻的抗衡之下，只是一股渴望讓後代回到初生地的執著。歸鄉後的母親在完成任務後無憾而死；瀲豔剔透的魚卵裡，新生命正蠕蠕而動。這雖屬聽聞已久的自然生態，迴思仍不免動容。

我們對於北海道的情感認同，由此似乎有了一廂情願的開端。車程漸起，雪的明麗照亮了遊客的眼眸。久居南國，雪色似乎理所當然成了小說中虛設的場景，一旦親臨其間，那份駭異與新奇，真彷彿沉入一個遼遠、神祕又寂寥的夢境，我斜躺於座椅假寐，怡然想像著安娜．卡列妮娜在遠處的小木屋裡凝眸遠眺，此刻冬日熊熊的爐火將屋裡薰得熱氣繚繞，一片白雪皚皚中因而洋溢了溫暖的情意。「看那裡！那裡！爸爸，火山爆發了！」左後方忽爾傳來童音急急，舉座俱驚，我回頭一看，果然雪色盡處的蒼穹裡有黑霧瀰漫。行前媒體不斷報導有珠火山爆發的消息，此際倒真讓我們給隔「雪」觀火了。這可是小王子沒將火山打掃乾淨的疏忽？我在心裡暗忖，否則如是純潔的淨地裡，如何去想像一種岩漿滾燙、硝煙四起般的死亡？

然而這竟是北海道的本貌，皚皚雪地裡，覆蓋著熾熱之泉！冷與熱在此各以最極致的面目交鋒，形成一股相撕相扯的美感。原來北海道位處火山帶，對當地居民而言固然產生極大的性命威脅，但也因此博得「溫泉島」的美譽，據說島上的溫泉有三百處之多，所含的礦物質則包羅多樣，因此日本除了追櫻族外，亦有以泡湯為能事的「溫泉族」。我們此去所投宿的定山溪，便以溫泉旅館著稱。傍晚下車前導遊殷殷叮囑，泡湯守則的介紹猶是餘事；他最擔心的是女客們礙於羞縮之心，不免入寶山而空回。咳嗽連連，我的確對泡湯一事興致闕如，但禁不起導遊的再三遊說，最終仍是半信半疑地取了旅館內備置的薄薄小巾，往「女湯」處報到。溫泉在日本向有「大地的處女水」之稱，我想像在此裸裎相見，浸浴於處女之水的懷抱中，當是如何純淨美好的一場邂逅？但初到此地，與一群半生不熟的遊客在澡堂裡，我們卻是面面相覷、形容尷尬。各自對著排列整齊的竹籃卸除衣物時，那份倉皇猶疑之色，竟彷彿即將奔赴末日之泉。我在入水前始終目不斜視，端凝下方，匆促間只瞄到自己生產過後微微隆突的小腹。

首度的泡湯於是以草草了事收尾。直至回到旅館房間內，方才真正鬆了一口氣，旅途的勞頓與身心的疲憊，此際開始汩汩從四面八方湧來，然而我睡不著。嚴寒的夜真是漫漫無邊，我斜倚靠枕，歪躺在床上「看」著電視裡新聞報導的畫面，咿唔不知所云的日語裡，傳遞的約莫是火山爆發的後續報導，以及小淵首相猝然中風的消息。初履異地的頭一晚，在既熟悉又陌生的畫面閃爍裡，竟興起一股「今夕何夕」的惶然，此刻為何我不在家中，與年幼的稚子相伴？那份長期累積的萎頓，隔了一段空間望回去，還是日復一日的厭倦嗎？回看丈夫，身旁的人置身異國，儼然亦與異邦的陌生感同調。

「我們為什麼逃到這裡？」我問。

「休息罷了！我們需要放鬆心情、調整關係。」

「短短五天，一切都會改善嗎？」

「……。」

這裡是既冷且乾的，連虛空中的對話彷彿也凝滯蹇澀了起來，我的鼻腔裡開始有血絲滲出。這一晚，在陌生的不適裡我昏昏入夢。

次日晨起仍是漫漫車程一段。由於火山爆發後實施交通管制，我們被迫繞道而行，沿途但見白雪覆蓋下的樺樹遍布道旁，很有一股蕭瑟況味。遊覽車持續在山路間無盡地繞行。「這裡以前是囚犯被流放的區域，你們沒聽過〈北國之春〉這首歌？寫的就是這裡啦！」導遊強作精神的語調裡，掩蓋不住一股中年的滄桑。這一路上，他反覆同我們嘮叨著年歲已大，旅遊業裡再待不了幾年的喟嘆。我們尷尬地陪笑、淺淡地安慰，更多時候是閉眼假寐。我們的確不知所措，對於這趟天時地利不太配合的旅程，開始有人興起不耐的心緒。過午，用過中餐，好不容易來到觀光景點之一的大沼公園。據說此地在隆冬時，可以親歷雪地摩托車競相奔馳的壯觀與刺激，但我們抵達之際卻是殘冰未融、湖水將露的交界時節。沿著湖邊漫步，陰晦的天色裡偶然興起幾聲啊啊低鳴，抬眼望去，一隻烏鴉便低空飛掠而去。在日本被視為幸運之物的群鴉，似乎亦與此地的自然景觀融為一體，「啊！」「啊！」那沙啞、蒼勁的啼鳴伴著黑色身影在渺渺天地間迴蕩，彷彿一抹又一抹的濃墨油彩，劃破寂寂長空。

雪地裡則有狐狸。這一日以及其後幾天的車程裡，舉目所見俱是皚皚白雪，覆蓋著遙遠的駒之岳，覆蓋著近處的尋常人家，小木屋四周積雪盈尺、樺樹終朝但許見白頭。這些自然單純的雪景，常讓我想起電影《失樂園》的片尾畫面，在殉情的淒美大特寫之後，鏡頭緩緩向遼遠的雪地伸展，空茫一片裡男女主角自紛飛的細雪中攜手而來，眼神凝重、深邃而端肅，此際虛空裡緩緩傳來陣陣獨白，說的是各人在諸多生命階段中的回顧與告解。那一幕深深震撼了我，猶如此刻置身雪地。是的，清冷的雪色確實能滌清人諸多雜念，反思一路的生命軌跡。自有會心。那狐狸之眼，在雪地中閃現著神祕之光，竟彷彿蘊生無限華采。這是天的鬱鬱與雪的潔白交相映顯下，最令我難忘的風情。之後函館夜景的輝煌、小樽運河的浪漫則猶屬餘事了。

陽光只在我們初抵之日怯怯露臉，在後來的幾天裡，不是五稜郭前的颯颯風起，便是白老部落的綿綿長雨；更有一日在飯店內食用早餐時，落地窗外竟無端生起細雪飄墜。這才是最真實的北海道，對於旅程中少見奇景的清冷，我開始心存感激。第三日午後，我們抵達登別。此處的景點「地獄谷」是火山爆發後熔岩所形成的山谷，噴出地面的熔岩受到地熱影響，遂成就了黃褐、赤紅、灰黑諸多色調，自地底冒出的熱氣及滾燙的溫泉，隨處可見。我在煙靄茫茫中漫步山間、在飄飄細雨裡行走小街，慢慢體會一種屬於溫泉區的格調。該如何形容呢？在溫泉區小街裡，早來的遊客泡湯完畢，各人穿著旅館內提供的浴袍，外罩禦寒小套，此刻正悠閒地穿梭在臨街而立的諸多小店裡；小店裡，每一張日本女性的臉孔都是可親的，妳輕輕拉開一扇木門，即刻有熱茶笑盈盈地遞來，謙恭有禮的女主人微微欠身，妳俯視她低垂的身姿，那腦後盤起的髮髻映襯著光潔的後頸，細細的毫毛猶且若隱若現。妳想起《雪國》裡的駒子，那麼，門外來來往往的遊客裡，可有島村的身影側身其間？這自然是無聊的想像，在時空各異的登別，我只看到大批遊客身著白底藍色細紋的和服裝束，在小街上盤桓再盤桓，一面呼吸著氤氳的硫磺味，一面也努力讓自己成為景中之景——一幕以假亂真的日本風情。

這一回，我不再畏怯於身軀的裸露了，既然所有的裝束都屬偽飾，那麼與自我坦誠相見或竟成唯一的救贖？再一次泡湯，紛亂的思緒裡我滑身入池，緩緩盪漾在溫泉之水的環抱裡。兩手攀住池沿，我俯身向下，讓水柱源源的噴湧與肌膚密合，一波波推入、激蕩、再退出、再激蕩，陶然的快感裡我忽有體認：在北海道，原來水的迷離與雪的淒清，都同樣能滌洗性靈，教人心念歸於澄靜。有一剎那，我感覺思維竟進入一種透明的美感狀態，昇騰於虛空間，猶如溫泉池裡的水霧朦朧。便這樣半瞇著眼，微覷池裡的諸多女體，不遠處有三五名日本少女在淺淺地嬉鬧，那青春的肉身彈性飽滿，淌滿水珠的胸乳以一種淋漓的、無邪的堅挺，大剌剌誇耀著造物者的恩賜；右斜側則有老婦一二，以遲拙的姿勢緩緩旋身，當笨重的身形正面朝向我時，那鬆弛枯槁的乳房垂懸在粗如樹幹的腰身之上，竟彷彿空洞的嘴在一翕一張著嘶啞的乾嚎。時間之力在此變得殘酷而具體，溫泉池裡勾勒出一幅生命流程的肉身版圖，我在豐美與枯槁之間、在成熟與衰亡的臨界點上，一面驚詫著青春的流逝，一面卻又對實質的生命背負感到疲憊。從輕盈如蝶的翻飛，到白髮蒼蒼的冷瑟，行走於其間，我彷彿看到自己的腳步日形遲重。為人妻母之後，因應身分改變所必然產生的自我犧牲與調適，正反覆在體內進行嘵嘵不休的對話：我該消耗自由的能量，還是成為母職的叛徒？北海道之旅雖然能令人暫時逃逸原先的時空，但卻不可能促成精神上永遠的流亡，我的思緒在走出溫泉池的水霧迷濛後收煞，一個悄然的、無告的終結。

再一日陰霾天裡，我們來到素以歐式風情著稱的小樽，淺草橋上狂風急作，吹得遊人的衣帽兀自翻飛；而運河之水則在大風中閃爍著微弱的粼粼波光，一如此地精巧奇美的玻璃工藝品，似乎也只在我們陰鬱的旅程中，投影出稍縱即逝的輝煌。終於走到行程最後一日的午後，我們抵達此行最熱鬧的城市——札幌，時計鐘下有遊客三三兩兩，在作固定的景點拍照；大通公園裡雪祭已過，陳列於其間的兩三百座冰雕消融經月，原先的晶瑩剔透全化為地面的斑斑雪屍；至於地下街裡物欲的囂囂，則與東京風情幾無差異。

這城市太喧鬧了，我在滿街濃妝豔抹、誇示著奇裝異服的人群中，追懷前數日雪中的清冷、水中的蕩滌，它們總結為一幅悠遠的畫面。你曾見過日本中年女性行走於雪地裡的風姿嗎？我在旅程的某一日清晨，曾由密閉的車窗裡偶然瞥見，那是張滄桑中不失嫵媚的臉孔，在微弱的天光裡，她簌簌疾行著，兩手斜插側袋，黑色的短呢大衣線條簡單，只在腰間箍出柔和的曲線；大衣底下，奶黃色裁剪合宜的套裝若隱若現。這樣色調的裝束令我想及群鴉、想及狐狸之眼。是的，那張細緻的臉龐上嵌著的，正是小巧卻靈動無比的雙眸。她的瞳仁深處似隱有烈火騰騰，隔著冰冷的玻璃，閃爍，流離。

這真是雪中之火、火中之泉了，那張冷香的臉龐底下有一種安靜、節制，卻充滿張力的美感；一種冷熱沖刷下稍縱即逝的輝光。這才是真正的北國，已經逐漸在失落的北國。

於是我不免想到鮭魚了，如果生命的還原是一則隱喻，今天年輕而酷好打扮的日本女孩，還回得到過往那種素樸卻韻味無窮的美感嗎？如果鮭魚的回鄉是一種實踐，今日的我又回得了傳統無怨的母親角色嗎？答案似乎遺落在北國茫茫的白雪中。

「下過雪要放晴的前一晚總是特別寒冷的」，已屆中年的導遊如是說。

——原載二〇〇〇年八月三日《中國時報・人間副刊》

本文獲第三屆華航旅行文學獎

Kris

我下定過無數次決心，這回非離開Kris不可，在每回錢包被搜刮一空，忿忿走出店門的時候。

於是那一陣子，我總會特別留意周遭女孩們的髮型，一見到合意的，便興奮地詢問，是出自哪位名設計師的頂上功夫？我偷偷摸摸地拿著問來的名片，去電與設計師相約，心裡充滿了對於新關係的憧憬，以及新髮型的期待。然而不知是那個環節出了問題，女孩們頭上鬈度適中、疏落有致的髮型，我依樣畫葫蘆之後，看著就是古怪。

最誇張的是有一回覓到了東區的資深設計師，她念及與推薦人有多年情誼，特別以優惠價幫我燙髮，還附送較為繁複的雙色挑染。奈何助手在過程中出了差錯，髮色無法達到理想效果，於是約定一週後再去補上染髮程序。結果髮質因此受到嚴重傷害，挑染出的髮色也太過輕佻，教人好生懊惱。

每逢這種時候，我灰頭土臉地回頭找Kris收拾殘局時，就得先做好充分的心理建設，才能硬著頭皮走進店裡。Kris陰沉著臉，以他一貫傲然的手勢隨意挑撥著我的頭髮，然後不屑地撇嘴：「這種技術，怎麼出來混飯吃吶？」接下來幾個小時內的氣氛，總是萬分尷尬，作為顧客的我，只能唯唯諾諾地瞅他臉色。

Kris的架子大、脾氣壞，這是公認的事實，最初推薦我去找他的朋友，早幾年前便棄他而去，說是不能忍受花錢還得找氣受。然而我死心眼，只因初次見面，他將我的頭型東摸西揉一番後，便輕鬆地說出我在整理頭髮時，最常遇到的困擾與限制；同時發揮純熟的技巧，迅即將這些缺陷掩飾得恰如其分。我大為驚歎，自此便活在Kris魔咒下，十年不得翻身。

索價不菲是Kris另一讓人詬病之處，而且他的規矩是不准人詢價，坐上設計椅，你只能任其宰割，剪、染或燙，一律無置喙餘地，直到步出店門前，才會知曉此番又花了多少銀兩。數年前有一事令我始終難以釋懷，那時母親北上，說頭髮太塌了想整理，我領著她去找Kris，由於上班時間在即，匆匆交代好便先行離開。數小時之後母親頂著新髮型回家，待我下班甫入家門，她便忙著訴說「燙髮驚魂記」，原因在我太迷糊，一時不察，忘了多留些經費給她，步出美髮院前一聽價格大驚失色，她翻遍錢包才湊足款項，後來囊中空空，差點回不了家。

我問母親，那麼對這個新髮型還滿意嗎？她的評價是花了大把銀子，「有燙跟沒燙一樣」。然而，這種渾然天成的效果，卻正是我孜孜追求的，因此十年以來，儘管Kris老是與東家不合，從羅斯福路到中山北路，一家家髮型店換過，我依然一次次追隨。

獅子座的Kris霸氣得很，當他對我訴說與東家之間的不快時，我能明顯感受到他的行事作風與思考方式，畢竟對自小長於美容院裡的我而言，員工之間的抱怨自然沒少聽過。同時，我還深刻感受到，傳統家庭美容院裡，空氣中所瀰漫的，是一種鄰里間說長道短的親密氛圍；至於現今都會裡的美髮沙龍，則講究品味、氣氛，在流溢著前衛音樂與迷人幽香的乾淨環境裡，顧客與美髮師間有著微妙的交流：因為共處於私密、親近的空間裡，因此言語的交換仍然得進行；然而又由於格調的堅持，交談內容則已從傳統的八卦碎嘴，偷渡為資訊的流通、企業的經營等「高尚」命題。

Kris最常跟我聊的，就是他對老闆經營方式的不滿意，以及時下顧客的無理態度與「不上道」要求。由於頂上萬千煩惱絲，盡皆操之於他手，我自然得要些心機，好好察言觀色一番，而後適時附和。同時，要避免成為他口中的「奧客」，以防他說到憤慨處，狠狠在我頂上誤剪一刀。

然而有一回，大約見我讀小說讀得入神了，Kris忽爾問道：「妳看書的時候，會把書上的情景想像出來嗎？」我楞了一下，仔細思考這問題，才倏然發現，在我狼吞虎嚥的閱讀過程裡，似乎甚少停下來塑造情景、想像畫面。Kris告訴我，他看書時會在腦海裡，把畫面先描繪出來，如此對於手裡的書，他才會「有感覺」。我頓感驚奇，也同時發現，原來這就是文字工作者與美感技藝者的基本差異所在。

後來，我開始喜歡跟他聊這類情事。在冗悶的午後沙龍裡，常常一邊翻閱著雜誌，吸收流行資訊；一邊與他交換訊息，請益日系、美系之類風格的差異性。有一回他望著我手中的雜誌，語重心長地嘆了一口氣，說臺灣女生都非常缺乏美感，我反問道：怎麼了？他說滿街都是時尚雜誌，女孩們買回家模仿，如法炮製，然而學到的都是皮毛，她們唯恐做得不夠，所以不斷用加法，把廉價與昂貴的衣裝穿在一起、日系與韓系風併在一處，於是太over的結果便是「臺」，所謂「臺妹」者大抵如是。他甚至還談到我們對文化根源的漠視、欠缺想像力等問題。我在心裡嘖嘖稱奇，這位仁兄平時工作時間頗長，他的美學概念到底從哪裡吸取養分？

我還注意到，每隔一段時間到沙龍裡與Kris會面，他總是又換了新髮型，同時與髮型相搭配的，則是學生風、白領風與頹廢風等不同的裝束與打扮，或許是出於工作需要的門面妝點；但我私心裡還以為，這似乎亦是一種表態，與他其時的心情狀態息息相關。Kris不太與我談私事，然而有一回中秋時節，我問他是否返鄉度假，他竟憤憤然對我說起南投鄉下的親戚間種種瑣碎的爭執，與他對那幫親友的不屑。頭一次，我在Kris摩登的外表下，見著灰暗破敗的家常面。

下一回我再去時，店裡來了位幫手，雖是生面孔，但看著總有幾分眼熟。我瞧了半天總覺得貌似Kris，一問之下原來是他雙胞兄長，因為在鄉下找不到工作，他於是引薦到店裡幫忙。Kris的哥哥非常樸實，黝黑的面孔應該是長年農作的結果，而風吹日曬的臉龐則多皺而粗糙，完全不似Kris在暖房裡的柔滑細緻。那是另一條路途、另一種人生歷程吧，也正是Kris前次跟我提及，他矢志脱離的親屬關係網。哥哥一直靜靜駐立牆角，神色極謙卑，似乎對於都會生活還相當手足無措。我透過鏡面望過去，感覺彷彿那是過去的Kris，他代替他，浮凸在一個充滿霉斑的時間刻度裡。

然後到了遭逢情感風暴的大狂飆時期，我鬱鬱寡歡去店裡，約了Kris，想剪掉數年來始終堅持保留的長髮。「就是圖個清爽」，我說。然而一向冷酷的Kris，原來也有細膩的一面，他不動聲色地在例行的聊天裡，開始說起前女友，說起他被背叛乃至做出決絕宣言的往事。他說前女友已經結婚生子，幾個月前還戀戀不捨地找過他。我開玩笑地懶懶搭理著，原來你是為了前女友，才成為「不婚族」的啊，這麼多年來，我一直猜測你應該是同志呢！他沉吟著不答話，我則逕自給了他一個蒼涼慘澹的微笑。

新造型看來確實神清氣爽很多，但面容的憔悴究竟無從掩飾。傍晚的美髮沙龍裡，周遭的吹風機隆隆轟炸個不休，我竟感覺身處無色無味亦無聲的寂滅世界裡。吹整到最後階段，Kris終於將吹風機放下。他輕輕撥拂我的髮絲，想把雙頰兩側整理得更立體些，然而這不帶情感的撫觸，卻無意間崩毀了我內在某處脆弱的堤防，瞬時我淚流滿面，感覺在荒原廢墟裡，彷彿有人從身後輕喚著妳；妳一回眸，青春盡逝，如夢幻泡影，如露亦如電。

我在碎裂的淚珠與斑駁的鏡面裡，看著Kris與我的臉容交相映照，從少女時期走到現在，我以為Kris是永遠的流行，然而他剛剛告訴我，西門町妹妹不屬於他的顧客群，「真不懂她們在想些什麼」，Kris半帶調侃半帶無奈地說道。我也注意到現今他對旗下的助手，態度可改變了許多，稍有差池，Kris會輕聲指正，再也不似昔年般臉色陰沉、氣氛凝肅。

我們是都老了。我這才體悟到，原來十年滄桑，虛浮的沙龍裡也產生了瞬間的共感與真情。然而，這原是多麼空寥的世界啊，再過一刻鐘，我便會走出沙龍，重新沒入滾滾紅塵；然後我知道，下一次當我再回到這裡，與Kris相互照面時，一切又將風輕，雲淨。

——原載二〇〇九年十二月十三日《聯合報・聯合副刊》

房事物語

「大富翁」遊戲之所以能歷久不衰並且代有更新，大約由於潛意識裡，它滿足了人們現實中永遠填補不了的匱乏。在想像性的遊戲裡，隨手一擲骰子，瀟灑走個幾步，輕輕鬆鬆便能積累資金，然後在世界各地不斷拓展房地產事業。當然，大起之際也可能大跌，但無須煩惱，玩這遊戲傾家蕩產時並不會危及人身安全；富甲四方時則可以盡情陶醉在虛構的快樂裡。繁華都會裡的投資、炒股事業，在遊戲中以實名現身，彷彿只要勇往直前，便一定會有亮麗未來。人生若能如此輕易，那真是美麗境界！紙上遊戲一旦反映到現實生活裡，便成了捉襟見肘的柴米油鹽。晃蕩經年，曾幾何時我也成了俗物，必須開始打理房事問題。

不過我的春秋大夢做得一點也不切實際，從決定購屋的那一刻起，我便陶醉在自以為是的幻想裡。文學作品裡描繪的住屋多麼美好，看看芙蘭西絲．梅耶思的《托斯卡尼豔陽下》，女主角婚變之後渴望在異文化的包圍裡檢視自我，一趟義大利之旅、一棟名為「巴摩蘇羅」的房子、一場奢華的冒險成就了她全新的另一段人生。Brama和solo：思慕太陽，聽來是多麼美好的房舍名稱、多麼明媚亮麗的居所！即使海明威筆下深為孤獨與死亡所侵蝕的老人，也渴望「一個乾淨、明亮的地方」。想像中我的房子合該是如此：清潔明朗的室內，早晨的陽光細碎地灑入，微風輕輕吹動窗簾一角，像好奇窺伺的小孩；而我安坐其間，悠閒地開始一日的早餐……。決定接受房屋業者的引介後，我在首名闖入者熱情的詢問下，開出了相當文學性的要求：我要「一個乾淨、明亮的房子」；而在那當下，我在男子臉上看出了此種表述方式的奇特與荒謬。

我的不切實際，在仲介帶看房子的過程裡持續延燒。經過幾回真槍實彈的交手後，漸漸對於無人進駐的空屋意興闌珊，總覺得那是廢墟。我愛看有家具、有擺設、有人味的真實生活，並且注意力常被牽引；強大的窺私欲，掩蓋了買者判別屋況、空間大小以及格局適切與否的能力。我像個理直氣壯的小偷，在仲介的引領下，打開一戶戶臺北居民的家門，然後，介入他們洗衣、燒菜、飯桌聚餐書房苦讀種種家居生活；我在蛛絲馬跡的尋索裡，愉悅建構對於他人生活的想像。

一個溽暑午後，在房東太太的帶領下，我們猝不及防地突襲了午睡中的房客，小男孩先於母親睡眼惺忪地起身應門，從玩具散置的客廳、枕被凌亂的臥室到廚房衛浴，我一邊瀏覽、一邊聆聽仲介對於房子的大肆稱美；同時也空出另一隻耳朵接收房東與房客間的寒暄：「李先生不在啊？」「他這兩天到南部出差去了！」此際絲毫不爽地，我在書房牆壁上與出差外地的丈夫迎面相遇：「我是個自信、有活力、有能力的男人」，牆上有男主人龍飛鳳舞的題字，鑲嵌在甜蜜的婚紗照上。什麼人必須這樣大剌剌地自我宣示？我對著那稚拙的筆跡端詳再端詳，然後偷眼瞅著客廳裡蓬頭垢面的妻子、一個褓抱一個滿屋亂跑的小孩，那不在場的一家之主瞬間成為腦海中最鮮明的形象——我看到烈日下像無頭蒼蠅般揮汗奔忙的小丈夫。原來，大臺北無數西裝筆挺、笑容誠懇親切，連衣服上的皺摺都咧著卑屈嘴角的小業務員，他們的家居生活就是這樣的；他們的理想像單行道般，直來直往、單純明快地穿梭在小小房舍裡，成為每個夜裡一家四口最溫馨的夢。

有時候，妳會不經意間闖入某些陰暗的房子，應門的通常是動作遲緩的老太太，她會跟在仲介商後頭，以一種滿懷感情的語調，稱美自家房舍的舒適，戀戀於住居其間的種種往事，這時買賣的情調驟轉，妳頓時像個鄰家女孩般，覺得自己有義務坐下來，好好陪著寂寞的老人促膝長談一番。有時候，她會熱心地介紹著：我們這裡的布簾掀開來，妳看看來看看，可以當衣櫥用啦！我們家的廚房用這麼久，還是維持得很乾淨啊！通常，懂事的買方這時就該得體地稱美：阿嬤這攏是汝整理的喔？萬一屋裡恰巧有位賦閒的兒子，他會出面不耐煩地制止：交給仲介處理就好了，媽妳不要多話！老太太這時便只好訕訕然收口。妳靜靜觀察著母子間的互動，細細嗅聞屋裡隱約散發出的濕氣、霉氣，以及抽水馬桶裡的尿漬味，蓊鬱雜陳，蒸騰出一種新鮮的腐敗氣息，像梅雨季末濕淋淋的心。

然後在下一個陰天裡，妳又隨著仲介進入房東隔間出租的房子，三十來坪的室內有三小房，客廳、餐廳顯示出無人整理的凌亂，領看者在清冷的午後，拿著碰碰撞撞的鑰匙串，一間間打開房客的住居。丁當，第一扇房門打開，淡淡的香氣迎面襲來，混雜了保養品、香浴精、檀香等屬於女孩特有的閨房味，廉價地飄散在狹隘的空間裡。基於同性特有的好奇心，妳逕直步向梳妝臺逐一檢視，那些瓶瓶罐罐的品牌，標示了主人物質生活窘迫中的奢華，小小的方寸之地是整個房間裡最繽紛的所在，此外，家徒四壁。丁當，第二扇房門打開，一股腥羶味迎面襲來，妳和仲介四處檢視，終於在角落裡，見著房客悄悄豢養寵物的籠子，小兔在陰暗的室內安靜地進食，妳看不到純白可愛的毛色。此際臉面蠟黃的主人適巧返家，和她的小兔映照成無以名狀的荒寒。丁當，妳已不忍再正視第三扇打開的房門，望向窗外，天色像一張陰晦的臉，沉沉壓在都市的天際線上，房裡有格調低俗的裸女月曆，訴說著主人百無聊賴的日常自娛。這些雜沓的拼圖交織成臺北上班族斑駁貧瘠的生活圖像，就在我們慣常仰視豔羨的高樓裡。

然而年輕人的世界，也不全然是那麼無望的。就有那麼一回，我在撕下一張「自售」的房屋廣告後，隨著屋主友人進入格局畸零的小坪數套房，站在門外我已篤定買賣不會成交；但更感興趣的是，這樣的房子當初如何能吸引屋主？友人似乎看出我的疑慮，她笑稱賣方是名年輕女孩，當初欠缺經驗與考慮，貿然做下決定，但是她現在就要結婚了，夫家住在天母，已準備好別墅云云。我在玫瑰色的想像裡，彷彿活生生見著了麻雀變鳳凰的現實版。

終於，來到攸關自身的神異性時刻了。千尋萬覓，某一個平常的日子裡我和夢寐以求的房子首度謀面，那是鬧中取靜的巷弄裡，一棟約莫兩年屋齡的住家。屋主換到坪數較大的房子，嫌搬移麻煩，願意將裝潢保留、家具附送。室內一切擺設新穎時尚，看得出主人品味不差；重要的是，舉凡光線、格局以及客、餐廳書房客室裡一切設計，完全與我的需求相吻合。彷彿量身訂做的住居般，我把自己嵌在室內任何一個角落，都覺得愜意不過。我在雅潔的客廳裡痴痴長坐，對著布面沙發摩挲再摩挲；我賞玩著早上十點斜斜射入室內的陽光，心裡充滿了幸福的預感。這是我的房子了，我想。兩情相悅無需用金錢衡量，我爽快地答允業者的開價，覺得這真是千金不換的交易。然而天外飛來噩耗，夜裡仲介捎來訊息：主人礙於情面，已先一步將房子以更低的價格賣給鄰居。那一剎那我彷彿被情人遺棄的怨女；尤有甚者，頓悟房子遠比情人來得重要而實際。

走在臺北任何一條街道上，你看到永慶、力霸、信義、中信、有巢氏、二十一世紀各色招牌林立；進入任何一家仲介公司，你見著「賀成交」的紅條花紙糊牆。房市交易榮景無限。然後，一日數約妳隨著不同的仲介業者進入不同的社區賞鑑不同的房子。買賣通常是無法一拍即合的，客氣的屋主們留下一句句：「沒關係，大家交個朋友嘛！」的場面話，然後彼此彆扭地握手話別。虛浮的都市裡，虛浮的人際關係在世故地進行，我錯覺整座城市隨時都漂浮在移動的雲端裡。

當然，面對如此特異的城市生態，或者也會讓人充滿樂觀的想像：原來房子是看不完的，機會還多得是！於是在日復一日疲憊的跋涉後，休息一夕，我又會鼓起餘勇，繼續投入房事買賣的戰場中。軟弱的我怕看空房子，但大部分時候，與我謀面的都是凌亂廢棄的空間，殘破的壁櫃、髒亂的廚具照眼而來，我站在空蕩蕩的屋子裡，感受得到它的心臟噗通、噗通緩慢地跳動；聽聞得到孤寂的房子在離亂地呻吟。我和它手足無措，屋子無能承納我，我也在某個抽離的時空裡，被幸福與憧憬斷然遺棄。

——原載二〇〇五年三月二十六日《自由時報．自由副刊》

輯四

純真年代

關於一條街的身世

夜裡，金門罕見地下起了滂沱大雨，街道闃無人聲，然而白天其實也是。這是金城鎮數一數二的短街，這些年來每回返鄉，拉著行李箱走在回家的路上，總如行過荒地般，輪軸兀自發出孤寂而斑駁的聲響，喀拉，喀拉，規律的節奏一如數十年來安分生活著的我鎮居民。朱顏改、故景猶在，有

浯江街由西望東視角

些留藏於記憶深處，有些則仍然固守著鄉里，成為永恆的一方風景。

號稱有七十戶的這小街，西接中興路，東邊往南轉向接榫莒光路。我們不走全國各鄉市鎮都有的街道名稱，卻獨獨領取了非常在地的磅礡之聲：「浯江街」，這「浯」字與金門舊名「浯」洲、「浯」島、「浯」海、滄「浯」等稱謂一脈相承。而金城鎮南確實也有條「浯江溪」，浯江溪口的潮間帶有紅樹林，水筆仔與海茄苳欣欣簇長著，沼澤地裡則有彈塗魚、招潮蟹與鱟共生，還有大批過境飛來的候鳥，簡直是片歡然樂土。記憶裡的浯江街也是條喧騰鬧嚷的短街，我且將雨聲聽作潮聲，腦海裡浯江街昔時的榮景席捲而至，童年於是重新在發黃的歷史裡奔跑了起來。

那時，我被暱稱為「雞

浯江街 12 號華都理髮廳

母頭」，從街西一路歡快地歌唱著。華都理髮廳師傅總會說：「來首陳蘭麗的歌」，還在念幼稚園的我，便會捏著嗓子，緊盯店裡高懸牆上的電視，一邊學舌「葡～萄～成熟時，我一定回～來～」，一邊高抬小手，由上往下迴旋著，模仿葡萄纍纍成串的模樣，這是陳蘭麗的招牌動作，師傅每次見到都挺樂，樂到把我當乾女兒，摩托車載了去莒光樓拍出一幀幀好看的相片，那時相機可不是普及性配備呢，底片沖洗應該也不便宜。童年另一樁日後被長輩津津樂道的奢侈行止，是二舅常抱著我去水果攤，指著番茄和蘋果讓我挑，每回我必毫不猶豫地把貴蔘蔘的蘋果帶回家，這是「雞母頭」的榮寵。

雞母頭不但是家中長女，還帶動了浯江街的萌萌生意，五月搶先出世後，短街裡四戶人家，便接連迎來了弄璋之喜。從西邊算起，雙號數來第三家其時住著周醫師夫婦，第四家是賣金門菜刀的洪氏家族，還有第五戶白家，小壯丁們紛紛跟進來報到，更遠一些，邱厝埕的邱家古厝裡也傳來喜訊。己酉雞年，浯江街裡一片報曉之音。

往後數年，幾戶同齡人家都是我常鑽進鑽出的地盤。六號周醫師診所，朱紅木質窗櫺望進去，是永遠窗明几淨的小診間，沒有病患時，短小精悍的周太太常招呼我們進去，親切請孩子們吃點心。操著外省口音的周醫師總是呵呵笑著，說話口音微微上揚。周家小兄弟倆則跟醫師一樣白白胖胖，養出可以拍幼兒奶粉廣告的好體型。在醫師家，似乎所有事物都是白皙整潔的，勤洗手當然為必要步驟，診所裡有股奇異特殊的味道，與整條街的本省家庭截然相異。多少年後，蕭颯小說《小鎮醫生的愛情》出版，正當二八年華的我買來讀了，無端就想起已經搬離浯江街多年的周醫師，那是我對小鎮醫生唯一能有的想像。母親說，周醫師一家後來搬到基隆，他們到臺灣時還曾前往拜訪，我想像不出長年下雨的基隆，是否還能容納一家乾淨明亮的小診所。

與診所比鄰，色調全然相反卻毫無違和感的，是洪家鐵鋪。店鋪裡望進去總是黑黝黝的，偶爾會有星點火光飛濺，那是磨亮鋼刀的器械嗎？童年印象已經有些模糊了，只記得店鋪門口總是陳列著砲彈，那是製作金門菜刀的材料。洪家父親的臉非常嚴肅剛強，跟鋼刀砲彈彷彿融為一體，孩子們從不敢恣意靠近。但因店鋪就在自家對門，我常看到黝黑的內間裡，洪家小姊姊從二樓木梯沿級而下，白色制服上繡著霜雪如玉的名字，側邊挎著青綠色中學書包，青春粲然，陰暗的鐵鋪也瞬間被點亮，多令人豔羨的光澤啊，我想快快長大。

至於年齡一般的洪家小弟，和隔壁浯江街十號的白家小弟一樣，從不跟我玩在一塊兒，他們都忙著撒野調皮。幼稚園階段，白家小弟曾被迫與我搭檔承擔了兩次花童任務，他引為奇恥大辱，認為這種差事很不哥兒們。配對第一回以嚎啕暴走作結，第二回則留下鼓著腮幫子，滿臉不甘願大字站在我身邊的花童照。我最喜歡的是白家哥哥，他會帶著堂嫂的首飾盒，還有自己串好的手鍊、珠子耳環，到我們家來，與白姊姊和我一同扮家家酒。白家哥哥有張瘦削白皙的臉龐，印象中說話聲音低沉、心靈手巧，他是道地的溫柔漢，多少年來，我猶常想念著早逝的他。

同齡的四個男孩們，還有一位系出名門，是清代武將邱良功的後代，金門俗諺「九里三提督，百步一總兵」，據說其中一位即是曾官至浙江水陸提督的邱家祖先。童年印象中，古厝的石牆早已龜裂，庭內、庭外錯落置放著盆栽，每天清晨，老舊的木門吱呀作響，門後閃出名背書包戴著小學生橘帽的身影，那是邱家小弟，他挺著脊梁、精神奕奕行過家門口，永遠比我早一步到校。

邱小弟成績好、品行端正，與祖先邱良功一模一樣，小時候我們對他敬畏有加。聽聞古厝雖頹圮，但門前廣場全為邱家所有，往東兩三分鐘路程的「邱良功母節孝坊」，也與邱家有關，小學生們都驚訝極了，邱家小弟再怎麼行事謙遜，頭頂仍像環繞著耀眼光環般，教人不敢靠近。直到大學畢業後返鄉，有一年往訪邱家，同學領我到庭院古井前，才看到傳聞中嵌在牆面的雕龍聖旨石。地方上都知曉此聖旨石原為清

整修後的邱良功古厝

廷賜邱良功修建提督府第，以為界碑之用，後由於鄰居不願售地，顧及世代情誼，邱良功未以高官特權強逼遷屋買地，所以爵府沒蓋成，留下這兩塊聖旨石。同學還領我到房內，從衣櫃上方取出祖傳古刀劍各一，而廳堂裡兩座瓷鼓凳，據說也是清朝舊物，一時間彷彿時空錯置，我難以想像同學自少即以此為日常。

其實，小時候的我們鎮日踩踏著「邱厝埕」，在廣場上嬉戲打鬧，也全然不知其來歷呢。短短一條浯江街，從邱厝埕往東還有棟白堊外牆的洋樓，據聞是一九二一年新加坡華僑返鄉所興建，名為鄧長壽洋樓，門面早已斑駁，正前方以羅馬柱支撐，粉牆白漆已剝落，樓頂則依稀猶可見局部的雕花。據說洋樓曾作為「福建省政府招待所」使用，但童年記憶裡沒有這些人聲鼎沸、冠蓋雲集的印象，只有青綠苔痕、蔓草叢生的前庭，我們在洋樓周遭玩躲貓

鄧長壽洋樓

貓、在邱厝埕廣場玩木頭人，黃昏時下班的父親從衙門口方向走來，就該是晚餐時間到了。

父親遠遠從金城車站斜坡往下走的衙門口與閱報臺附近，差不多就是浯江街的終點了。衙門口是「總兵署」前廣場的俗稱，早在清朝康熙年間，金門鎮總兵陳龍便移駐此地，設置衙署；童年時「金門政務委員會」則進駐辦公，我們只能在外頭偷瞅著院裡可望不可即的老榕。不過總兵署後方樹齡三百多年的木棉樹，孩童們可喜歡了，那壯美的木棉花開得真絢爛，充滿著濃濃生機。

金門總兵署

我是在浯江街長大的孩子，看著植物與生命自然地開落。童年時最難忘的記憶，是七、八歲時跟小學好友踩著雨水放學回家，歡快無比，未料一進屋門，便見到病危的爺爺和啜泣的親人們，當時不識死亡、未曉恐懼，只是錯愕非常。然而整條短街裡，這些童年記憶、歷史陳跡與古樹，都以最溫柔的方式，一一向我指陳著生死的奧祕與永恆的意義。金門縣金城鎮浯江街，恍如呼息般，在我的成長過程裡，早已默默契入血脈深處。

然後有一天，中興路上的唱片行開始放送起林慧萍的〈往昔〉，歌聲飄進浯江街，終日縈繞又盤桓，迴蕩的旋律裡，我看到已然長成少女的童年玩伴，一身酷炫打扮行經家門前。我們開始愛聽流行歌，也開始嚮往浯江街以外的世界了，於是我也買了棕色皮外套，想離家好好叛逆一番。

浯江溪幹流長約七點五公里，據說是縣內第一長溪，有「金門的母親河」之譽。然則浯江街也是我的母親街，那日我穿著皮衣走出浯江街，也走出了金門到外闖蕩，但我知道，這條契入血脈深處的短街永遠不死，它就是我的永恆。

——原載二〇二二年一月十日《聯合報・聯合副刊》

故土與創作——逃離者的告白

忝為學院內的教學者，多年來在創作課堂上，開宗明義我對學生的提問必然是：為什麼要創作？或者說：創作有何意義？我告訴這些熱愛文學的青年們，有些人搦筆為文之際，胸中是充滿淑世懷抱的，例如魯迅；有些人直接挑明寫作就為了求名利，例如中國作家王朔；有些人必須藉由書寫以消憂，譬如王安憶、陳染、劉叔慧、陳雪都曾經自陳：文字是抒發自我、抵禦普世庸俗病的憑藉；還有些人則將創作視為自我的炫技；而有些時候，我讀陳黎、鴻鴻等人的作品，也會深深著迷於其間的遊戲成分，那不是態度的褻慢，而是種生活的自適與歡愉。

回歸平凡如我者，如果必須寫作，對個人而言，那「不得不」的意義是什麼？那最根柢的支撐到底是什麼？創作的最本源，也許不過是由於「不吐不快」，當我行走、我工作、我忙碌、我頹靡、我快樂、我悲傷，我對生活有感觸有見解時，自然產生「有話要說」的需求，而此需求便自成其目的。

創作最根源的意義與目的，或許不過如此；而生活，則是創作最原始的土壤。我們的生活包含了過去的記憶、現在的狀態以及對於未來的想像，在時光的飛奔裡，現在與未來有一朝終成過去，然則「記憶」或將成為創作者汲取靈感的泉源。楊牧在《一首詩的完成》裡，曾經殷殷提示青年詩人：「記憶是充滿力量的，充滿了使詩發生，形成，擴大，感動，並且變成普遍甚至永久的力量。」「當它準確地發生的時候，從容不迫，彷彿不須任何雕塑，詩就來了。」「記憶是如此有力，那童年的驚奇和少年的編織，因為免於世俗溷濁的汙染，當它不斷向我們湧現拍打的時候，即使我們已經多少因為遭受過人世間愛恨的擁擠而變形，它又像洗滌的泉水，使我們純潔，堅實，喜悅，剛強——像詩人那樣純潔堅實喜悅而剛強。」

在生命的不同階段裡，我都曾深情懷想起昔年的故鄉生活，隔著杳杳時光望過去，那彷彿一條祕密通道，引領我回到記憶之海裡泅泳、沉潛。所謂「尋根」，所謂「鄉土」對於個人的意義為何？如果個人必須與鄉土產生關聯，其深刻性也當是源於過往堅實的生活基礎，以及由此而生的勇氣、力量與信念。當遭逢生活的扭曲時，曾經，我回到故鄉的懷抱，在寬廣平直的中央公路上，在塵沙滾滾的田疇小道間漫步冥思。年少時的狂簡不再，小島上的好友們亦已星散四方，孤寂在彼時成為一種深沉的體驗。我曾獨自在慢慢甦醒的夏日清晨裡等待朝陽，那冉冉升起的金輝，預示了小鎮一天生活的開端；我也曾在傍晚的鄉間小路上駐立多時，那片初冬的田野，蕭瑟、抖索，卻始終有股堅毅不拔的氣質，它沉默地向我指陳著某種信仰、某種骨格與某種寬廣無可拘執的特質。它是無限的，卻又是謙卑的；它是純樸的，卻又是自傲的；它是堅決的，同時卻又有著無盡的韌性，一如島上長年生活的居民們。

個人與島嶼之間，或許永遠存在著此種精神上的聯繫，那是母親的臍帶，彷彿割棄卻又不曾須臾稍離。我們可以經由實際的履踏，重回故土感受人與土地的聯繫；而更多時候，我們則必須藉由書寫，汩汩吐出懷鄉的字句，想望桃源重現，從而完成某種洗滌儀式。

作為一名創作上的怠惰者，我曾經認為自己在島鄉書寫裡始終缺席，所謂鄉土情懷、所謂「金門文學」的藍圖或願景，於我而言，都是太過遼闊的想像，我既無意亦無力於建構擘畫，更為此深深自責。故鄉於我最大的意義，或許僅是一種私密的臍帶牽連，它在生活困頓時提供養分，引領我重回母親的子宮，感受溫暖的包覆與力量的重生。而凡此卑微與渺小的書寫，其意義都是個人化的，完全無法與閎闊的鄉土文學、金門文學相勾連。

而今我則逐漸了悟，無情或許遠勝於矯情，故鄉對我的真正意義其實尚未完全顯現，那些少年時的生活足跡猶在泥地裡默默蟄伏，等待時光的啟迪。我不焦急、不自責，只靜心等待。而對於島鄉的青年文學愛好者，我所能提供的建議，亦僅是把握當下，誠懇地目擊生活、感受生活，從閱讀、觀察及「聽故事」中了解故鄉、體認自我，這些終將成為日後永遠而深刻的記憶與創作泉源。

仍是楊牧的期勉：「純粹的記憶是隨時提示著詩，因為它來自完美的過去，遂堅決地為現在撐起一把希望的巨傘，擋開一些風雨，嗤笑，橫逆，讓我們貫通未知的命運以展望未來。」我亦期待這樣的密啟，在未來歲月裡引領我回望、緬懷，從而撐起希望的巨傘，讓我在故鄉的土壤裡重新生活過一次。

我的戰地回憶

年節返鄉，聽聞除了過去觀光客經常前往參觀的瓊林等戰備坑道之外，去年春節開始，我們所居處的金城地區，也開放了「金城民防坑道」。「金城民防坑道」長約二千五百餘公尺，於民國六十七年開工，歷經一年兩個月修繕完成。由於金城位處金門政經中心，所以此地下系統所連接之處，諸如金門縣政府、政委會、調查局、郵局、金融機構、自來水廠，乃至於金城幼稚園、中正國小、金門高中等，俱為金門黨政、民防、通訊要地；而其中所連接的教育場所，由幼稚園至高中，更是我成長階段裡游藝於其間的母校，自然倍感親切。

坑道當中例當闃黑潮濕、狹窄逼仄，但有手電筒光照，倒也不至於伸手不見五指。在長約半小時的行走途程裡，大約有三段配合觀光所做的實境設計。首段是槍林彈雨的模擬、中段是防空警報的嗚嗚聲，末段則有女聲男音合唱昔時的戰鬥歌曲：「勝利的歡唱、自由的歡唱……打得共匪無所逃……」，當慷慨激昂的和聲迴蕩在空寂的坑道間時，我們不免莞爾，而坑道末站「金門高中」也轉眼敞開光明的出口，迎接大夥兒重回美好人間。

行走於潮濕的坑道當中，童年及青少女時期遙遠的生活回憶，彷彿也在黑暗的甬道裡，經受著歲月的浸潤而緩緩甦醒。在配戴妥當進入坑道之前，曾有段戰地紀錄片段播放，引我們懷想更「遙遠」的金門；而在烽火模擬的明滅光影以及砲擊隆隆裡，黑暗的地底我也曾興起些微身歷其境的戰慄，並對死亡生發模糊的恐懼與思考。蔣勳提到絲路傳奇時，曾寫過這樣的文字：

絲路的傳奇被風乾了，一具一具的乾屍，穿著色彩鮮豔的織錦衣服，蓋著「王侯合婚千秋萬歲宜子孫」的錦繡被褥，枕著兩頭尖翹緋紅的「雞鳴枕」，臉上覆了像現代面膜的「錦覆面」，眼睛上罩著「瞑目」；果然，死亡在絲路的傳奇裡只是瞑目睡去，等腦後的雞鳴枕啼叫黎明，那傳奇裡的商人，公主，將軍，僧侶，百姓，都要一一醒來，再看一看他們眷戀過的人間。

當我在臺北歷史博物館陳列的玻璃棺裡，眼見久被傳誦的樓蘭美女，以及新疆地區挖掘出的織錦繡裳、枕被眼罩時，死亡確實是場美好的儀典；而當我在未解世事的童年，耳聞「單打雙不打」的砲聲時，死亡也只是隔日鄰村的屋頂被宣傳砲打落一窟窿的鄉里傳聞。我記憶裡的戰地，是在潮濕的清晨裡捧著砲聲挾帶而來的宣傳單，敬慎地到學校交給老師，因為那是「共匪的伎倆」，小朋友不宜觀看。至於少數躲防空洞的經驗，則是與隔鄰甚少往來的一家人，在簡陋的地下室、昏暗的日光燈裡和樂融融的安閒景象，大人們於彼時放下手中的工作，無事可忙，反而更放縱更可親了。

再憶及青春期學校裡的軍歌比賽，則瀰漫了微妙的氣息，柔和的晚風裡，那可笑的步伐、清亮的歌聲以及使盡力氣的答數聲，彷彿都在發散軀體裡無名的鬱悶與騷動，抒解被禁錮的不安靈魂。還有還有，每學期必安排的「打靶訓練」，讓平常在市區公車裡游竄的年輕士兵進駐校園，權當教導員。一場野外的實地射擊結束之後，除了痠疼的右肩和破損的鏡片，不過數日，學校訓導處便會轉來寫著陌生字跡的信封，那一筆飛揚的青春，將滿滿的傾慕寫在信箋裡，信裡還煞有其事地夾帶風乾的黃葉，男孩將生澀的詩詞鐫在葉片上，並羞赧地提出他的邀約，這便是所謂戰地情感的萌生。

然而時移事往，近幾年年節返鄉，我在市區公車裡見著的軍人，再也不是昔年少女眼中神祕的外地男孩，而成了稚氣未脫的大孩子。防空洞裡啃著「戰備口糧」的往事猶在目前，那些餅乾的硬度、薑糖的熱辣，以及牛肉乾的嚼勁，還殘留在咀嚼的齒唇間，倏忽之間我已長成，並且老去。

流年不意間暗中偷換，徒留不「道地」的戰地孩子，記憶著這些溫馨且詭奇的生命經驗。

——原載二〇〇九年五月《金門文藝》第三十期

衾被裡的情懷

在臺北居二十年的我，早已成了年節始短暫返鄉的候鳥。過年前母親總不忘來電殷殷叮嚀，記得訂返鄉機票；而我們也習慣性地抱怨回家好冷，並玩笑著試探母親：「若訂不到機票就算了吧！」

當然還是依例在乾冷的節候裡返鄉，只不過暗藏心事的母親，總是早早把厚重的被子備妥，彷彿擔慮著有朝一日，過不慣故鄉生活的孩子，當真會因為畏懼天冷，就再也不回來了。今年回金門時，母親興沖沖地領我往頂樓的房間走去，並且熱切地告訴我，被子、被單和枕巾都剛剛替換，連牆面都是她花了整整兩天的時間重新油漆過。

夜裡我睡在煥然一新的臥室裡，發現母親擔心頂樓風寒，尚且在厚重的棉被上覆以毛毯，並以別針細心固定好四個邊角。隔日晏起，朦朧中察覺母親上樓來了幾趟，對著被子摸摸弄弄，彷彿擔慮著還不足以禦寒。我瞇眼偷覷著母親離去的背影，感覺她行走間已微顯老態。我想像年年候鳥來去匆忙，一陣短暫的過境之後，徒留四、五床厚重的被子，靜待日益年邁的母親再洗晾、再收拾，而母親從無怨言。

也想起數年前曾到屏東學生家借宿的往事。那年暑假，當學生領我進入空氣中飄散著清氛的房間裡，我不禁讚歎不已；學生則得意地表示，媽媽為了迎接老師到來，特別買了全新的床單與被褥，就怕招待不周。那份含蓄的情意，也令我感動莫名。

鋪床疊被，這是份多麼古典的情懷。而「羅衾不耐五更寒」，在多少生命的寒冬裡，是母者以溫暖的衾被、無言的愛心，為我們將生命的缺口一一縫綴起。

——原載二〇〇九年四月八日《中國時報・人間副刊》

那些紛至沓來的童年往事

童年記憶泰半是遺忘了吧？隔了數十年的時光回望，那些片段記得的逝水年華，又是否經過記憶的美化與誇大？其實我並不確定。然而在破碎的拼圖裡，有幾個場景始終鮮明鐫印在腦海裡，午夜夢迴時不期然出現，彷彿昭示著我其中存在某些祕密的隱喻。

低年級導師的名字我還記得，是個子瘦小、斯文秀氣的陳麗英老師，當時老師挺著大肚子，細聲細氣地誇獎我是她最得力的小助手，每天晨間檢查時，確認班上小朋友們手帕是否帶了、指甲是否修剪，也是我的工作項目之一，這讓人引以為榮。然而陽光明媚的某日清晨，老師在例行工作告一段落後，忽爾興起念頭，要我讓她瞧瞧手指頭。我在突如其來的驚愕中，怯怯伸出含垢未及修剪的長指甲，素來溫柔的懷孕女老師以迅雷不及掩耳的速度，啪地一聲手掌拂過我手背，她精緻的五官擠縮著，從牙縫裡恨恨迸出尖銳的高音：「妳身為檢察官……」，這一幕成為童年永不磨滅的創傷，是的，我身為檢察官卻未能以身作則，那是生命初次的自我羞辱。

中年級時的導師是周上萱老師，然而一次針對全年級進行的智力測驗，將我由戊班調到由資優生另組的庚班。在即將調走的課堂上，我清楚記得老師坐在講桌前，圓圓臉龐堆滿慈祥的笑，同學們都在自修，他摸摸我的頭，對著站在身旁的我說：「這本班級圖書送妳帶去新班。」這是祝福也是辭別，我無限珍視也無限不捨。許多年後的夜裡，思及此場景，猶能感受到當時小小個頭的我所承受的溫暖愛撫。

從此進入由陳為學老師、鄭藩派老師所指導的庚班。以兩名優秀師資帶領相對小型精緻、學生人數僅二十四名的資優班，在當時的中正國小是奢侈的投資與培育。陳、鄭二師年輕有為，教學方式新穎，與孩子們也建立了親密融洽的師生情誼。班上共計十七名男生、七名女生，少數族群的我們被暱稱為「七仙女」，備受寵愛與珍惜。七仙女課間一起學習，課後上同學家看郵票、剖蚵仔、嗑漫畫，集體行動有之，偶爾的結黨分派也難免。班上男生有些靈巧、有些調皮，打打鬧鬧間老師偶會施以「酷刑」，但從不致罪及七仙女。陳老師負責語文，鄭老師主攻數學，都幫大家打下扎實的基礎，然而有一年，兩位老師竟興起互換科目教學的念頭，那年的狀況是師生都覺得彆扭，但回憶難忘，多年後聚會彼此還常笑談當時的糗事。

資優班幾年，是小學時光裡最難忘的階段，然而在這些充實美好的生活中，被頻頻回顧的，還是幾樁與文學有關的往事。其一是某段時間陳老師請假，代課宋文城老師指導我們寫作文，素來被陳老師頻頻誇讚的我，首次受到震撼教育。當時宋老師應是初入教壇，一副放浪不羈的瀟灑模樣，他把我叫到講臺前，指著作文本對我說：「連寫春天最後的結語也要記得反攻大陸，不會太辛苦嗎？」為了這句話，老師結束代課後，我和好友穎巴巴帶著小禮物，到榜林村挨家挨戶找老師，迄今難忘彼日情景。

再有一樁，便是小學校門口斜對面的租書店，那是薛德清老師家，老師的公子正是吾班同學，七仙女最喜於放學後結伴往租書店，一樓看書、二樓呼喚「峻杰，峻杰」，嚇得小男生逃之夭夭，不敢與惡勢力有所交涉。

到了小學六年級，參加國語日報舉辦的徵文比賽拿到首獎，瞬間收到好多寄至學校的信函，筆友四面八方而來，老師與母親幫我精挑細選，最後通信的密友，包含一名住在臺北大直的哥哥，以及住在烈嶼的同齡女孩。女孩後來見過面，也交換了照片，大哥哥則曾隔海寄來文具相贈，據說直到當兵時遇到來自金門的同袍，還打探我這失散多年的筆友消息。

多麼懷舊的、以文相會的時代，閱讀、創作與文學在稚嫩的心靈裡，一筆一畫描繪出雛形，終爾成為我畢生摯愛。中正國小的六年時光裡，我在生命的蒙昧階段，隱約體會了自尊的重要與文學的興味，如何在自尊自重裡挺立人格且不負所託？如何在自珍自愛裡培養興趣且無悔付出？原來那些場景的片段出現並非偶然，它們是昭示，也是定調，生命能在如此明朗的最初開闊出視野，何其幸運又何其教人讚歎？我感謝無憂的小學時光，即使多年後重返母校，在不斷的建設發展中但感景物已非，然而情感依舊，只因那是最初培育與體現生命價值的所在。

——原載二〇一五年十二月《中正百年 榮耀浯縣》

文學美樂地的追尋與應許

此刻我坐在久違的課堂後方，凝神觀察著眼前這群高中生，他們左手支頤右手旋轉筆端，把心不在焉、神思莫屬的表情寫滿汗濕的後背。記憶如潮水般翻湧而來，美樂蒂，在揮汗的暑日裡，我彷彿聽聞遠方隱約傳來的濤聲拍打，並且重新回到二十一歲那年陽光燦麗的花蓮高中，一個畢業旅行的中途觀摩站，其時我們坐在教室裡，臺上吟誦正朗朗，太平洋的風透過窗櫺輕輕吹拂著臉龐，窗外即大海，它在陽光照耀下，閃爍著令人目眩的輝光。既然錯過了在此學習的歲月，如果可能，真希望日後有幸在這樣的環境裡任教，當時我是如此為文學和自然共譜的美感所眩惑、所震顫。

更遠一些，則是回到我的離島歲月。在精神食糧匱乏的金門，每個學期伊始拿到新課本時，我曾經如何鄭重地為它們包裝自黏書套，然後逐頁翻閱課文、細細品賞，我期待在課堂上聽到更多深刻的解讀，也忘不了有一年來了位返鄉服務的年輕女教師，頂著臺大中文系畢業的才女光環，接手當時所謂的「文組好班」。第一堂作文課，老師為我們唸誦了一則小故事：旅人行至暮春平靜無風的幽谷，思量著休息一夜再上路，沒料到在疲倦的眠夢裡傳來細碎絮語，原來是谷地的小草們吵成一片，興味正濃地討論著天亮時即將綻放的色彩，這顏色不久就要由傳訊的花使分發給眾人了。一生一次的花開，多麼鄭重而令人期待。隨著草尖上飄來的微風，吹來了幾千幾百個小花使傳令的聲音，紅橙黃綠藍靛紫，各色花朵紛紛被編派。其中一名花使帶來的訊息最是撩人，祂對著旅人身邊一朵形體勻稱、端正好看的花蕾，喃喃讚歎著：「好漂亮的小菁朵兒！沒有比你長得再好的了，今年一年裡只有你一個有這份兒幸運，你愛什麼顏色就開什麼顏色的花！」

年輕女老師的講述在這裡戛然而止，她希望我們把結局繼續發展下去，完成一篇課堂作文。一九八〇年代中期的離島，如此新穎而充滿挑戰的命題，讓我的胸腔漲滿了難言的喜悅與靈思，在焚熱乾燥的風息裡，我顫抖著手，把故事一筆一筆接續下去，我覺得自己也像那株小草般，腦袋裡就要開滿五彩的花。

這些，都是過往關於國文課堂的美好回憶。後來我上大學，念了國文系，也知曉原來老師當年手上捧著鹿橋《人子》，她唸誦的篇章正是〈幽谷〉。而我也終於看到在幽谷裡應時盛開的叢花裡，聽盡眾人建議，卻委決不下的那株小草，最終美好枝梗上擎出的，竟是未及開放便枯萎的蓓蕾。每個人對於文學的憧憬、體會與喜好，多像那幽谷裡即將綻放成一片的未知繁花，文學在生活裡會成為什麼顏色的花都好，就別讓遲疑的心意、喧嘩的建議，抹殺了一切抽長的可能。

完全的自由、多餘的建議或者過度的珍重，都可能是另一種戕害。美樂蒂，你說你當然知曉，但自己究竟無法給學生任何適當的引導，甚且目前周遭各種喧嘩的建議，亦在扼殺著你的文學感應力。親愛的美樂蒂，相信嗎？在觀課教室裡，我所思索的，也正是這樣的問題。

講臺上，那名我所負責輔導的實習教師，被指定的演示課文為劉克襄〈古橋之戀〉。事前她或許熟讀過「教師用書」，也與中學裡資深的教師群反覆磋商過無數回，她將這堂課視為鄭重無比的演出，從端莊規矩、符合教師形象的服儀，可以看出用心之細膩。她製作了精美絕倫的PPT，此刻正展示著課文結構圖表，並進行有條不紊的說解，她甚且穿插放映了時下正夯的紀錄片《看見臺灣》預告，與當前多媒體教學的趨勢相呼應。她用工整的板書補充作者形容每座古橋所使用的修辭格，並且以「多美的古橋、多美的臺灣，所以我們一定要愛這塊土地」，作為整堂課的呼籲與題旨說明。

然而無論她語調多麼激昂熱烈，學生手上旋轉的筆，卻極少停下做筆記，托腮扶額低首打盹的姿態倒是變換過無數回。這是多麼悶熱的城市午後哪，窒悶的課堂氣氛教我也不禁疼惜起這群孩子，我又想起了那片海，愛臺灣不是該親履自然，去看看土地的蓬勃生息嗎？而若果現實不允許，教師又該如何將紙上的文學，說解出活靈活現，比真實更真實的世界？

是的，美樂蒂，我的意思正是如此。這一代的新手教師其實擁有太多資源，然而資料豐贍無所不包的備課用書，簡化了多少上下求索、廣泛閱讀、自我涵養的工夫？而影片、PPT、過多的活動設計，究竟又遮蔽了多少沉潛、默會與心靈交流的可能？文學有時候不需要太多華美的裝飾、花巧的展演，它只要恰如其分地被呈現，所以這些優勢與強項，是否反而成為太喧嘩的聲音？在這些聲音背後，情意的展延、內涵的申發又是否被遺忘了？

其實，有時候連我自己都覺得課文很無趣，無從把握如何進行所謂「情意的陶冶」。美樂蒂，你對教科書也有許多意見。

我想談談最近的一點體會。老同學在臉書上發了一則動態：「傍晚行過福林橋，看見一隻大手的雲彩，遂喃喃唸起這首國中時讀過的詩：下班之後，便是黃昏了／偶爾也望一望絢麗的晚霞／卻不再逗留／因為你們仰望阿爸的小臉／透露更多的期待（吳晟〈負荷〉）」。古老的歲月、童稚的年代，我們曾經在如呼吸清新空氣般暢然的學習氛圍裡，一起讀過這首教科書裡的詩。從今天的眼光回望，也許會覺得持續的排比有些呆板，陀螺的意象不免俗濫，父親的形象也未必符合當今社會實情，正如某位教學者曾經提出的困擾：現在孩子們讀到朱自清的〈背影〉，一致反應為無聊老套，唯一的興趣則是訕笑文中肥胖的父親。

所以，經典是否已不合時宜？課文編選又是否破壞了教學興致與學習期待？美樂蒂，我也曾認為某些選文過於勵志或淺白，有時甚且嚴辭批評其欠缺文學況味。然而仔細想想，國高中課本選文其實還是必須考量閱讀年齡，不能完全以成人的眼光和標準去揣度。而如何將類此文章裡質樸的感情，如實傳達出來，讓孩子們得到深刻的感動？我的老師做到了，在數十年後的某個黃昏車陣裡，老友能如此脫口而出地背誦，我相信，她必然曾經深深地被感動。

美樂蒂，你說離開學校才了解當學生的好，你說好懷念當年上現代文學課程時的場景，你也曾被深深打動過，但如今卻教不出那樣的感覺。

作為一名現代文學教育的傳播者，我感到汗顏。我也曾一再被詢及現代文學極難教，現代文學到底該怎麼教的問題，而當我赧然說出「教學者或許應該對文學有更敏銳的感悟力」時，對方又很誠懇地提問了：那麼，文學的感悟力究竟該如何培養？於是我反覆深思，為何曾在課堂上被感動的學生如你，美樂蒂，站到講臺上時，卻苦於無法感動他人？現今對教學者而言資源充足的觀摩與進修課程，又到底提供了什麼？

即令如此，我仍然無法指出令你滿意的答案。美樂蒂，我只有一個信念：能夠說到人心坎裡的文學，必然首先是自己能夠被感動的文學。也許，我們該回到問題的根本：為何能，或者不能被感動？當我們無法被文章感動時，又該如何與作者進行更深切的交流？徐志摩所知道的康橋，若不是你所喜歡的康橋，美樂蒂，回頭想想你曾有過的遊歷經驗，以及遠離故土的心情。又或者，再更深入地從徐志摩婚姻裡的困境、性格中對自然的嚮往，以及其天真的性情本質，進行思索與聯結，興許你能體會出更多言外之意。這些生命的契入與感應，說與孩子們聽，他們稚幼的心靈未必能理解，然而美樂蒂，凡此體會對教學者而言，卻是文學心靈背後更深刻的支撐。

我還想話話往事，美樂蒂，你青春光滑的臉龐，教我緬懷起初擲教鞭的當年，猶然膽怯且無所適從的自己。如同你一般，面對理想與現實的衝撞，充滿了沮喪與懷疑，前腳已踏入社會，後腳還趑趄卻顧著。我靜觀導師室裡日復一日批改作業的前輩，聆聽他們對於彼此起居的打探與過小日子的盼望，我思忖著未來的人生該有何等面貌？生活情報的交流，是否將成為教學之餘的唯一重心？

忽爾在某個神異的清晨，導師室裡因空無一人，竟有了難得的靜謐，那薄如絲緞的陽光，輕灑在堆積如山的週記本上，我攤開新近購置的書，暫時停下批改工作，讓楊牧的《山風海雨》帶我走入不屬於教學、也不屬於彼時場景的遠方。那一片記憶裡的海，嘩然在我眼前敞開，那麼遼闊、那麼清晰又那麼篤定，穿越無數過往以及現實的瑣碎，它向我展示了心靈的深邃與豐饒。一種體會、熱情與介入，然後，美樂蒂，我與文學就有了隱密而引人入勝的聯結。那一刻整片海洋美好的旋律在腦海中響起，體內的雜音與外在的喧擾全數隱退，我側耳傾聽，並且對自己承諾，要將在文學美樂地裡所獲得的感動，與那些刻正坐在課堂裡的孩子們分享。

從彼時到現今，從國中教室到大學講堂，這是我的初衷。親愛的美樂蒂，我相信熱誠如你，終也將灌溉出一片屬於自己，且能與學生分享的文學美樂地。

——原載二〇一四年九月《印刻文學生活誌》第一三三期

關於卡蜜兒、羅丹與年少浮光

那時，窗外有鳥鳴啁啾。

老教授正捧著《古籍導讀》課本，在教室裡照本宣科地吟哦，間或穿插著用力咯痰的雜音，長廊間傳來空洞粗啞、不明所以的迴響。應該是春天了，坐在歷史悠久的木造桌椅上，我斜倚窗櫺，一頁頁翻讀放置膝頭的《羅丹藝術論》，早晨在宿舍剛收到的郵件，學長樸拙的字跡寫在隨書便箋上，原來是寒假過後的禮物。據說書裡頭記載著羅丹晚年關於藝術的諸多見解，包括內在的真實、藝術性的美、生命的細節等問題。「在長長的大學路的盡頭，離演習場不遠，頗有省城的寂寞與僧院風味的一個角落——大理石倉庫便在這個地方」，我沒料到電影裡的場景，竟會出現在首章葛賽爾訪問羅丹的筆下，思緒瞬間重回假期時在金門戲院觀賞的那場電影，渾然未覺課堂裡，老教授已用濃濁的鄉音，重複點名我起身接讀課文。

那時節，在偏僻的離島，常有年節返鄉的學長，特意造訪酷愛文藝的學弟妹，一方面聯絡感情，一方面指點訓勉，由國中時代延續到初入大學階段，我們蒙受了諸多照拂。年假裡，難得地區竟能上映傳記電影《羅丹與卡蜜兒》（一九八八），是伊莎貝·艾珍妮（Isabelle Adjani）主演的，學長說，一起去看吧。我不確知演員有多美，但卻對影片裡卡蜜兒叛逆且我行我素的態度印象深刻，她的天賦與生俱來，那昂首宣稱「我不要人教，我要取法於生活」的神情多麼倨傲。相比於才華洋溢、風姿絕代的女主角，銀幕下的我，彼時只是名羞怯內向、初入大學窄門的文藝愛好者。

影片顯然對羅丹與卡蜜兒相差二十四歲、長達十五年的戀情多所著墨，從對羅丹「多麼沒有教養」的批評，到成為工作室助手、熱戀中愛侶，乃至於聯手創作的喜悅、要求他與蘿絲分手未果而黯然離去的決定，卡蜜兒的舉措充滿了躁動能量。當所有美好的雕塑作品被卡蜜兒親手毀壞時，那怵目驚心的場景、轟然崩毀的巨響，完全傳達出卡蜜兒內在深沉的絕望。

女性的肉體美變化得很快，在書裡羅丹對葛賽爾坦承：「真正的青春，貞潔的妙齡的青春，周身充滿了新的血液、體態輕盈而不可侵犯的青春，這個時期只有幾個月。」銀幕上的伊莎貝·艾珍妮、照片裡二十歲的妙齡少女克勞岱爾·卡蜜兒，風華正茂、光采照人，然而時代與男性聯手摧毀了青年藝術家。「你我之間是超俗的，和你在一起，我要的是平和、遺世和工作」，面對苦苦哀求的卡蜜兒，羅丹始終不給出承諾。迅速褪色的或許是青春之美，緩慢消耗的卻更是蓬勃的創作能量，那初生之犢無畏、飽滿的藝術探索，那令羅丹豔羨不已的青春熱情，「起碼妳還知道什麼使妳感動，而我已經無法」，羅丹在影片裡悵然慨嘆著，然而作為啟導者與親密的情人，卡蜜兒的才華與青春竟被摧毀至此。

「我努力為你工作，現在我要為自己工作了」，選擇離去的卡蜜兒，終於覺悟到此段情感關係的不堪。然而失去愛情並沒有為卡蜜兒帶來創作的契機，天賦成為災難，熱情導致毀滅，一如卡蜜兒的弟弟——詩人保羅．克勞岱爾所言：「藝術是危險的一種事業，但是大多數人都無法拒絕，藝術需要運用想像力和感性，是人類心靈最危險的部分，能輕易撼動每一個人的平衡，讓人無法過著平靜的生活。」多年後，當時影片裡以俯角大全景所展示陰暗、潮濕如地窖的空間，始終在腦海裡盤旋不去，我還記得那暴漲的河水、四處遊竄的貓群、傾斜倒塌的雕塑，以及猶如廢墟般的工作室裡，黑暗中卡蜜兒驚恐而瘋狂的容顏。對照以仰角拍攝的教堂，卡蜜兒的祈求多麼微弱，她的自毀又多麼決絕。

可是，影片中的卡蜜兒太迷人了，也許使人無法真切看清羅丹，學長在離開電影院後的室外光照裡，如此蹙眉思索著、自語著。之後他告訴我，「羅丹的藝術思想和卡蜜兒的悲劇性格是一樣迷人的」，這便是寄來《羅丹藝術論》的初衷了。我想起他在便箋裡還提及海鳥的事，同樣是多年前的傍晚，離開電影院後，學長又引領我到附近的太湖，看金門最知名的鸕鶿。「牠們的繁殖地在俄羅斯西伯利亞、東北亞一帶，每年約十月抵達金門，隔年春天再北返棲地繁殖」，還記得熱愛生態的學長，在太湖邊的長串旁白。彼時，我的思緒始終停駐在卡蜜兒的控訴裡：「他們不肯原諒我這麼有才華」；我為影片中坐在囚車裡的藝術家深深痛惜著，那由欄杆間伸出的求助的手、那從此被拘禁於精神病院長達三十年的悲劇命運。

卡蜜兒晚年曾在病院裡寫信告訴弟弟，她有時覺得，彷彿眼前有輛火車正要開往童年時整天玩黏土的家，可是，「我知道，我永遠都不可能離開這裡趕上這班火車。」夕陽餘暉裡，我彷彿聽到卡蜜兒喃喃的、神經質的音響往復迴蕩著。

彼時，太湖畔一片海鳥撲翅飛起。

——原載二〇一七年九月《幼獅文藝》第七六五期

輯五

世界上所有的道路

冬之晤面

我記得初見許世旭先生時的印象。

十一月的綿綿細雨裡，仁寺洞市街上，我與李瑞騰教授及一名外國語大學校助教鵠立等候著。上午我們已經帶著李師散步了景福宮、走逛過仁寺洞裡的畫廊和古書鋪；午後則尚有清溪川觀覽行程，然後預計於三時左右送老師回學校準備講演。這半日的行程是許先生所規畫，我們照章行事，只等他中午撥冗趕來晤面。

遠遠地，一名面容白皙、精神奕奕的長者頭戴畫家帽，身著質感甚佳的風衣翩翩而

夜間與許世旭教授（右二）於首爾小酌合影

來，頸間那條紅灰紋圍巾，在寒風細雨中格外引人注目。果然是詩人氣質，不待二人相認，我心裡已篤定來者必是許先生。接著，只見他鄉逢故知的李教授緊緊握住來者雙手，許先生雙目炯炯望向我，在李師為他介紹過後，不急不徐地說了句：「我不認你這小師妹，來韓國這麼久都沒找過我。」

事隔二日，早晨我在宿舍裡便接到許先生的電話，他說下午將至外國語大學校接受專訪，行程預計在四時左右結束，要我等他聯繫好見面。我乖乖地在宿舍裡待著，靜候長輩來電指示。近四時許，許先生果然一通電話撥進來，語調愉悅地說明採訪業已結束，他即刻到校門口等我。結束電話之前並且貼心叮囑：天涼了，多帶件外套。

校門口，許先生依舊風度翩翩地將雙手斜插風衣口袋，瀟灑挺立，他劈頭便問

與許世旭教授同遊首爾合影

我：「時間還早，不想吃晚餐，怎麼辦？」我也沒大沒小地回答：「那我們去喝咖啡吧！」沒料到許先生更絕，他即刻回應：「我帶你走一段路，去一家很喜歡的小店，我們來喝兩杯！」

沿途他與我親切話舊，並殷殷詢問臺師大老教授們的近況。在冬日的首爾街頭，許先生神態颯爽、步態從容，反倒我瑟瑟縮縮地行走，頂著寒風不住發抖。於是便來到了他所謂的「小店」，店面甚清爽，室內紅桌黑椅，空氣中散播著電臺嘈而不雜的音樂。老闆在店面口的攤位上燒著串烤，恰恰是放學時分，一群學童圍立攤位前，伸長脖子、充滿期待地等著老闆的串燒。我閒坐店裡，把孩童們寒風中紅咚咚又圓鼓鼓的小臉看在眼裡，煞是可愛。

這便有了無分國界的親切感，更何況眼前的許先生，是我抵首爾三個月以來，聽聞說得最道地臺灣口音的長者。我們吃著串燒，叫來兩瓶燒酒，許先生細說起一九六〇年代赴臺留學的舊事：他抵臺數日便結識的摯友楚戈，他與瘂弦、商禽、辛鬱、鄭愁予之間的交遊，詩壇故實由對面長者口中說出，不意文學史上的敘述，目下全成了活生生的演示。許先生且聊起他在臺灣發表的第一首詩，源於初至異鄉的週末午後，他百無聊賴獨坐教室內學寫詩，言談間那晚秋蕭索的窗口、那在黯淡光影裡走進教室的葉維廉、那一方掩藏詩稿一方卻非看不可的兩名青年，彷彿便橫越了時空，就在小店門前嬉鬧著……。

許先生的詩稿，後來被葉維廉先生取去了《中外文學》發表。至於文稿，則受恩師謝冰瑩先生多方調教。他說起六〇年代的紅樓，在紅樓破舊課堂外偶然湊耳聽聞的授課聲；他說起當時對一名「老太婆」能在保守校園裡開講現代文學的驚訝，語調裡還不脫年少時的淘氣。在初生之犢堅持旁聽，並按週繳交習作的情況下，一篇篇文稿逐日被先生細心批改，謝先生某日在課堂上且不吝誇讚這名外籍生：「世旭，你現在的文章是『綠肥紅瘦』了！」被批點的紅槓子愈來愈少，青年許世旭的文藝顯然亦正與日俱進中。我的思緒飄回那棟古老的紅樓，飄回大學時代在課堂上聽老師口沫橫飛說新詩、談散文，課後意猶未盡，遂就著昏暗天光，繼續在空無一人的教室裡塗塗抹抹的往事。已經許久不曾憶及了，而原來這卻是世代相承的場景，異鄉閒話之、思量之，一切竟恍如夢中。

攤位邊陸陸續續又來了幾名青年，他們安靜地站著，紙杯盛熱湯、串燒慢咀嚼，偶爾丟出兩句韓語，讓我倏爾重回現實，認清此刻是身在異邦，而非故鄉。老闆相當有禮且細心，遞取串燒時會對著顧客點頭示意「扛撒哈米達」；串燒吃到中途，剪子便伸向前去「喀嚓」一聲，將小棒子橫中切斷，以方便顧客食用，甚是有趣。

杯酒碰撞間，許先生猶殷殷詢問我是否酒力尚可，我但覺醺醺然陶醉甚，醉人者並不在酒，而是身在異地與長輩話熟悉事的暖適。我們復談說起母校的師長們，那位永遠掛著溫煦笑容的院長、那位謙遜且律己的長者，諸般瑣事歷歷在目、銘記於心，而所尊敬的長輩們卻已然仙逝。我在溫暖氣息的包圍裡止不住音聲哽咽、濕了眼眶，而許先生定定坐著，久久沉默，那些，都曾是他的同輩，他的學友。

我不懂為何會在異鄉、在晤面不過兩次的長者面前失態，但我感受到的，卻是無言中的體諒與可以被了解的放心。那是個難忘的傍晚，當我們就著逐漸昏昧的天光走出小店時，下班人潮正蜂擁而至。我目送著許先生走進地鐵，看他的身軀融入「回基」一站裡川流不息的動線中，那乘著電梯緩緩而上的背影，彷彿讓我拾回了什麼，又失落了什麼。

許先生後來贈我詩集及散文集，我在許多篇文章裡，見他屢屢提及自己年歲漸大，愈發多情而善感，與家人友朋離之、別之固然傷感，見著不相干的情事，如「禮拜天坐在電視機前，看一個吃過苦水的拳擊選手，經過一個小時的血戰拿到金牌的時候；或者看闊別了四十年無從查問死生的親戚，一朝經電臺聯繫，相會，抱頭痛哭的時候，眼眶很少不紅潤起來。每逢感人的場面，嗚咽總是我的語言。」寒夜斗室裡，我一邊嗟嘆著這正是詩人本質，一邊也不禁揣想，那日昏黃微醺的小店裡，是否許先生亦有些難以言說的感懷？

在冬愈深的雪地，我又想起了昏昧天光中，那初識卻溫暖的背影。

——原載二〇〇九年三月二十八～二十九日《中國時報・人間副刊》

「脫北者」一瞥

夏日的首爾酷熱難當，卻是女孩們最鍾意的季節。韓國女子多擅於裝扮，豔陽天白花花的麗日下，滿校園裡都是穿著短背心、迷你裙，足蹬三吋高跟鞋的妙齡少女，身段婀娜多姿不說，這一兩季流行的幾何圖案，大膽色調穿上身，簡直個個都成了翩翩飛舞的花蝴蝶了。上課途中一路欣賞美景，頓覺心境彷彿也年輕了起來。

教室裡光線既充足，學生反應又活潑，本週的課文主題是「在商場」，漢語會話課本第一句相當應景：「今天天氣真好，悶在家裡怪可惜的。」我順勢向大家提問：

「平常出去逛街嗎？」

「不用逛啊，上網買東西就成了。」

「你們知道現在臺灣青少年怎麼稱呼整天關在家裡的男孩嗎？」

「……不知道。」

「宅男。那整天上網不出門的女孩呢？」

「宅女嗎？」

「嗯……，正確地說，是『腐女』。」

我轉身在黑板上寫下「腐」字，眾人立刻發出表達噁心的嘖嘖聲，隨即以「宅男」、「腐女」互相指稱，滿室喧鬧調笑。其中唯獨一名年齡看來稍大的女生，端坐椅上低頭沉思，並不與身邊的同伴交頭接耳。我注意到她是這間教室裡一面陰鬱的風景，無論我說了什麼笑話，她臉上一貫毫無表情。也許是漢語程度不佳吧！她總是埋頭做筆記，不敢正視老師，偶爾點她練習會話語句，也唸得結結巴巴、發音古怪，然而當我踱到她課桌前時，卻發現攤開的筆記本上，密密麻麻寫滿了自己練習的造句。

於是我很少點名要她發言了，怕她因屢受挫折，對於語言學習會灰心。下課後，由於尚未熟悉校園周遭環境，我徵求自願者陪同上銀行辦事。女孩旁邊的密友很熱忱地毛遂自薦，我們遂一同前往。途中，我詢問她：「妳跟美玉是好朋友嗎？」「嗯，那位姊姊是北朝鮮來的，她學漢語很慢。」我楞了一下，「北朝鮮」這個語彙第一次如此切身地穿透耳膜，然而當時我對它一無所知。

學期終了，我沒讓美玉順利通過考核，她必須重修。然而新學期伊始，美玉又出現在我課堂上，同樣認真的學習、始終呆滯的表情，每回我找她聊天時，她總是緊張得手足無措。另一個任教班級裡，有張陌生的面孔似曾相識，幾週後我終於恍然大悟，那名女孩看來雖然比美玉略略年輕，但卻同樣神情木然，不言不笑，她們臉上有一種共同的沉默力量，無表情下包藏了太多隱含的表情。

女孩相當努力學習，然而在滿室翩躚欲舞的花蝴蝶裡，她是永遠隔絕的存在，微胖的身軀略顯笨重，大眼眸則烏黑得近乎空洞。她的漢語程度不錯，但口音卻與美玉同樣古怪。

期末考前，女孩向我請假，說有事必須赴英國一週。我心裡有些不快，思忖著莫非是有錢人家的小孩，課業也無須照顧便逕飛英國度假？她很誠懇地請示老師，期末考當日無法出席，該如何補救？我只得交代她，一從英國回來便給我電話。

下一個週末夜裡，我接到手機來電了，與她約好兩天之後，來教授會館考試，之前記得再打通電話確認。然後到了考試當日下午，三點整電話打來了，我告知女孩宿舍號碼，她一路聽著，一路古怪地「欸」、「欸」應聲，像個東北老太太。

考試之前我先問女孩，到底為何必須在期末飛往英國？「是跟教會去的，老師。因為我是北朝鮮人，他們希望我去那裡說說自己的狀況。」我楞了一下，沒預料到

「北朝鮮」三個字，會由她口裡如此流暢地說出。

還是將卷子交到她手中，女孩一邊沙沙寫著答案，我腦袋裡一邊嗡嗡轉著無數問號。她答題相當快速，完成卷子後，尚比預計時間早出甚多。我於是請她坐下，開始從腦袋裡拋出一個個問句。

「妳剛剛說自己是北朝鮮人？那什麼時候到南韓來的呢？」

「我十九歲離開北朝鮮的。」

此際「脫北者」三個字竄入腦海。「和家人一起逃出來的嗎？」我又問。女孩相當迅捷地開始向我陳述家庭狀況，在北韓，父母分別在女孩五歲、十五歲時因病過世，妹妹早早便被送到孤兒院，她則隨奶奶一起生活，然而奶奶在女孩十九歲時也離世了。當時有位阿姨答應帶她去中國，人家都說去中國可以掙錢，在走投無路之際有人願意伸出援手，女孩當然別無選擇。

我看了一眼桌上的護照影本，那是她初進門時取出來作為請假證明的，當時我但覺這學生行事可真是一板一眼！護照上面記載著女孩的出生年分是一九八〇年，那麼當她十九歲時，應該已到了中、韓邊境較難偷渡的年代。報上說，北韓在一九九四年曾經發生過重大飢荒，最初政府默許人民越過邊境找尋米糧，帶回家中餵飽妻小，兼可減輕經濟壓力。然而後來，中韓邊境的朝鮮難民吸引了大批人權組織、新聞記者乃至聯合國調查機構的關注，兩國政府不得不開始加強邊境巡邏和監管。但嚴厲的措施並無法阻止非法越境者，偷渡者反而必須花費好幾個月的生活費，才能買通邊境的警衛隊為他們開路。

那麼，好心的阿姨到底花了多少錢，才讓女孩順利逃到青島呢？女孩說，阿姨其實是把她給賣了，她被帶到一位行動不便的老奶奶家，做人家的「保姆」。「保姆？得每天幫忙帶小孩嗎？」我很無知地問道。

女孩說不是，她必須燒飯洗衣，照料老奶奶的生活。我想起前陣子，《朝鮮日報》曾屢次提到該社製作的一部脫北者題材劇情片：*Crossing*，因為是車仁表擔綱主演，我特別瞄了一眼報導，上面寫著「內容包括脫掉褲子渡過圖們江，以四萬六千韓元的價格被賣到中國的北韓女性、赤身裸體游過江販毒的北韓男性、被賣到中國後經歷苦難的北韓女性」等等，不意此際眼前竟活生生站著位脫北少女。

我有些愕然了，那些逃亡的子夜、寒冷的江畔、衣裳簌簌摩擦的聲音、黑暗中靜默脫下裝著，以防任何風吹草動引來監視者的小心翼翼……，怎麼也無法將這些情景，與眼前的大眼女孩聯想一處。我甩甩頭，將腦海裡想像的電影情節逐一抹去。

「那麼，妳又是怎麼從青島逃到韓國來的呢？」

女孩說當時她每天早晨五點起床炊煮，忙到九點以後，便偷空自習漢語，因為在老奶奶家工作不給工資，一輩子無法自立。她知道要離開那個家，必須先聽懂漢語、看懂漢字，所以暗地裡自修了四年，然後趁隙從老奶奶家逃出。我於是明白了，方才手機裡女孩頻繁「欸」「欸」著的聲調，原來刻鏤著她過去漫長的生活軌跡。

從主人家逃出以後，也許才是苦難日子的開端吧？我不忍追問女孩，在既無親人、又缺乏經濟來源的那幾年裡，她是如何照顧自己的？女孩只簡單告訴我，後來她聽到廣播裡有位牧師提到，可以幫助像她這樣的人前往南韓，所以輾轉與牧師取得聯絡後，她便隨同教會來到韓國，至今已經兩三年時間了，始終住在教會裡。

「嗯……，現在的學費、生活費又從哪裡來呢？」我再問。女孩表示南韓政府每個月補助韓幣三十萬元，她在教會裡打工，每個月的薪資則有五十萬，我算算這筆收入，大約是目前大學生畢業後，初入社會的起碼薪資。

然而我又聽說了，南韓政府對脫北者的補助與救濟，期限並不長，脫北者沒有家人能夠給予經濟及精神上的支援，又因為口音、生活習慣的差異等，普遍受到歧視，無法融入韓國社會，生活其實倍加辛苦。畢業後謀職，也因自身對韓國社會缺乏理解，甚難進入大企業工作。但是脫北者仍在持續增加中，截至二〇〇七年為止，居於韓國者已突破萬名，社會上也漸有負面聲音，認為「脫北者」已經成為南韓社會問題的根源之一。

艱辛的處境卻毫無奧援，我很為女孩擔憂。「那麼，現在在首爾妳沒有親人了？妹妹呢？」女孩說妹妹已經離開孤兒院，去年她們才在青島碰過面，是女孩花錢請仲介代為聯繫處理的。妹妹不打算隨姊姊到南韓，因為她在北韓已經有了工作，也交了男友。「如果她願意來，我一定花大錢把她帶出北韓的。」「十年來第一次見面呢！」隔了半晌，她又幽幽補了一句。

我但感泫然，眼淚快要不爭氣地奪眶而出。此際，她忽爾起身，手腳痲利地從背包裡取出一盒金莎巧克力，說是從英國帶回來，要送給老師的。我忙不迭地搖手拒絕，但她堅持要我收下，說這是為了謝謝老師的教導，直到我拗不過拿著，她才恭敬有禮地告辭。那時我看到，女孩臉上的表情少了平日的木然，多的是一份訴說後的平靜。

腳步聲慢慢消失在長廊盡頭，我的腦海裡卻還迴蕩著方才最後的問句：「妹妹交男友了，那麼，妳現在呢？」「我沒有男朋友。」她坦然回答。

在首爾閒居的辰光裡，我開始接觸時下最流行的浪漫韓劇。兩三年前拍攝的愛情劇「My girl」，刻正在電視頻道上重播，典型流浪女巧遇富家公子的情節，由於一連串相遇的偶合，女主角所有欺騙的行為最後都獲得原諒，她奇蹟般得到了愛情。結局相當浪漫，男女主角重逢於首爾的著名景點「六三大樓」，當初女主角曾經誆騙男人：從地面直達最高層六十樓頂，需費時一分二十秒，據說若在這段時間內憋住氣許願，願望便會實現。男女主角終於完美達成了願望，他們快樂地在電梯裡擁吻，於是昨晚劇終時，六三大樓也閃耀著黃金塔般的光芒。

多麼美好的畫面！客居首爾一年，我所見所聞，多半凝止在這些燦麗的場景裡，然而短短一個下午，我卻嘗到了金莎巧克力甜美口感之下的苦澀與虛幻。我知道脫北少女很難飛上枝頭變鳳凰，因為她空洞的眼神裡，少了女主角靈活的顧盼、可愛的表情以及鬼靈精般的慧黠心思。無論是美玉或者女孩，我看到她們閃躲的垂目與憂鬱的凝視裡，除了自卑、懷疑和困惑之外，更多的是面對新世界的驚惶；她們是蛾，不是蝶。無怪乎脫北者金榮洙辛苦與家人取得聯繫後，知道妻子卻已身亡的消息時，會在*Crossing*裡怒聲咆哮：「為什麼耶穌只在南邊？」

我從一連串怔忡裡緩緩回神，攤開桌上的試卷開始批改，命題裡有「寧可……也不……」的造句練習，我看到女孩在答案紙上寫著：

「我寧可餓死也不會去北韓。」

以中級漢語會話課的標準而言，這是個太簡單的句子，很難拿到高分。但我透過紙頁，卻看到了更複雜、更沉痛難言的情感。於是，重重地在卷面上打了個大勾，我知道女孩已經透過眼神及言語，明確讓人知曉，這其實是個含義深刻的句子。

——原載二〇〇九年六月三日《聯合報・聯合副刊》

也是雙城

緩慢源於疾速的映照，孤獨因喧囂而更沉靜。從為期兩天的「張愛玲誕辰九十週年紀念國際學術研討會」裡脫身，此起彼落的論辯猶在耳畔，慶祝中共「十一國慶」的香港街頭兀自繁忙，而我們在吵嚷的人潮推擠裡迎向澳門，遂有一種空曠開闊的美感。

下船、通關、出碼頭，前來接應的友人開車行駛於道上，兩旁葡式建築錯落的街景，充滿了異國情調。這裡的行人悠散、房舍空疏，空氣裡充滿了明淨的甜美。陽光灑然的正午，我們走訪議事亭前廣場、玫瑰聖母堂、大三巴牌坊，遊人雖多卻不至於壅塞。尤其造型典雅的玫瑰聖母堂，乳黃純白的色彩相當柔和，定人心神；而高敞的內部空間則肅靜莊嚴，教人渴望在教堂裡對著聖母像緩緩地傾訴、默默懺悔。這是另類的魔術時刻，神聖空間。

路環島與氹仔島則更是悠恬中的荒寂。我們在黑水灘上閒步、在安得魯花園門前談天，等待並非漫無目的，只為坐享遠近馳名的點心。整個下午，焦甜的蛋撻香味瀰漫著整座小島，而異鄉美食則因有美好情誼佐之，入口更添無盡滋味。薑汁撞奶、葡式蛋撻，澳門的美食與人情一樣，綿密而篤實。

再說終於一睹盧山真面目的澳門娛樂場。在澳門，賭場是隱藏於悠閒裡的緊湊，是純樸小島上的繁華核心。很難想像僅僅不過一門之隔，漁村景致瞬間幻成十里洋場。占地廣大的建築相當氣派，大廳裡賭客雲集、籌碼交錯鏗鏘，這是包裹在苞心裡的迸發，一朵朵祕

澳門的玫瑰聖母堂

密的惡之華。娛樂場二樓以上則被裝飾成各具特色的購物中心，我們所造訪的「威尼斯人」，內部陳設相當應景，運河、貢都拉船無不具備，金髮碧眼的帥哥船夫興致來時，尚且會對著圍觀人群高唱情歌，那深情眼眸即使遙遙對望，亦教人臉紅心跳。

在這樣的溫柔鄉裡，長日何等容易消磨？然而從十里洋場重回幽靜桃源，竟又是如此輕易。華燈初上之際，我們已坐在主教山腳下的餐廳，露天享用著葡式美食，燭光搖曳、海風輕拂，角落間傳來的聲響則是私語竊竊，笑聲微微。敘舊終於告一段落，眾人安坐椅上，眺望著遠方賭場區那五光十色的霓虹建築，遂有一種恍如隔世的冷眼與淡然。

＊＊＊

如果說澳門是以閒適包裹著繁華，香港則會是塵囂裡偶現靈光。走在香港街頭，匆促、快速是唯一的節奏，人潮推擠、喇叭鳴響，似乎人人都有天大的事趕著去辦。高樓大廈在小島裡密集地聳峙，名牌商店隨處林立，逛街的人潮乃愈發急躁而火爆。這是熱力四射的活躍之城，效率高、揮霍快，雜遝的腳步聲咯登咯登。而當夜幕低垂之際，紛亂的聲響仍沒有沉靜的跡象，反倒是天星碼頭沿岸的奇幻燈影、太平山上輝煌的霓虹夜景，於聲響之外更添繁麗光彩，愈發見證世事的華美與虛浮。

終於來到了深夜，燈亦未闌、人尚未靜，疲乏的身軀把自己交付給蘭桂坊的酒吧，那一具具游移的肉體，在異國風情十足的街上，展示日落後殘餘的風華，他們慵懶而頹廢，斜倚吧臺、癱倒沙發，煙媚的眼神裡訴說著放縱後更深的疲乏。

唯當此刻，我會想起太平山上那一幢幢別墅，是張愛玲筆下「亂山中憑空擎出的一隻金漆拖盤」，散發著古老而腐朽的空氣，像古代的皇陵，葛薇龍的姑媽就住在裡頭。香港不乏此等高級住宅與華服貴婦，他們的身影裊裊娜娜，點綴在購物大道與名車豪宅間。然而更多時候，我看到的是鴿籠般的老舊房舍，外漆剝落，陽臺上橫空披掛的褻衣迎風招展。還有重慶大廈裡瀰漫的奇異體味與莫名危懼；旺角二樓書店窄仄的空間與散置的圖書，這些構成香港更真實的市景，或許它們才是庶民生活的實象。

在密集的小島上人人使力拚搏，彷彿沒有三頭六臂，便妄想掙得立足之地。我在書肆裡尋得一冊名為《全身文化人》的小書，這是自許、自豪與自得？抑或反向說明了在香江，即連文人亦須十八般武藝樣樣精通？我感到些微戰慄，更多哀涼。

終於來到了旅程的最後一晚，遂想起兩日裡掠影般巡禮中，曾經道見一八八一，那是座落於尖沙咀的法定古蹟，靜靜駐立於半島酒店旁，在酒店略顯妖魅的桃紅燈光

香江街景

香港古蹟一八八一一角

香港蘭桂坊風情

映照下，愈發顯得幽靜而淡定。夜裡休憩的人群三三兩兩，在舊九龍消防局及消防局宿舍前閒語，拍照。原水警總部主樓則已改為高級餐廳、酒吧及名牌進駐據點。這裡依然有華妝豔服、衣香鬢影，與街頭隨處可見的露天小攤、杯盤狼籍，壁壘分明地分據著兩方。

登高瞭望，不遠處正是號稱最能反映全球化的重慶大廈，那些新移民與彌敦道上的購物人潮格格不入；這裡華貴的消費型態，則與幽靜的城市角落形成反差。香港真是個奇幻之島，我身處其中，但感炫異與暈醉。

無論如何，在金風漸起的秋夕，駐立樓頭，漸有遠離塵囂的爽颯，繁亂拂盡、紛擾平息，這就是城市裡偶現的靈光。夜更深，燈影迷濛裡，我知道臨別之夜，香江正對我頻送秋波，它以一八八一的安恬，成就了短暫卻意味深長的一瞥。

——原載二〇一〇年十月《中華日報・中華副刊》

折衷的詩意之旅

年歲愈長，大約愈能體會家人難得共聚的可貴。暑期的日本九州之旅，便是在這樣的心情下，為全家族量身訂作所規畫出的行程。

由於成員的年齡涵蓋面廣泛，此趟旅程沿途的景點，有荷蘭風的「豪斯登堡」，既囊括各種可供兒童玩耍的遊樂設施，大人們也能兼而欣賞其建築特色；有「阿蘇火山」和烏帽子岳山腳下的「草千里」，最適合喜歡遊覽自然風光的爸媽；此外，「博多運河城」是福岡人氣最高的休閒購物中心，姊妹們應能享受血拚樂趣；至於奉祀學問之神——菅原道真的太宰府天滿宮，顯然最符合弟弟「永遠的考生」身分之需要；還有巨蛋球場，更是迷死棒球的七歲小孩心念繫之的最終景點。整體而言，這算是老少咸宜、皆大歡喜的預定行程。

然而世事往往難以盡如人意，在聯繫和實際參與的過程裡，對於臺灣旅遊業的服務品質，不免心生怨懟。不愉快的事，最好盡早忘卻；自然和人文景觀，畢竟比人事紛擾可愛得太多。在此趟旅程中，除了遊日本必備的「神社」參覽和「泡湯」之旅外，即使是在標榜童趣、歡樂的豪斯登堡遊樂區裡，亦能感受到種種設施寓教於樂的細膩用心，以及由此煥發出的人文陶養與潛移默化之功，我深受感動。一趟旅程下來，家族成員們各取所需、皆有所獲。而在此趟九州之行前，我私心裡最期待的，其實是有「晨霧和出泉之鄉」美稱的湯布院，因而當天便著意觀覽，感觸更深。

湯布院原名由布院（Yufuin）——「Yufu」在日語中意指木棉，是當地盛產的製衣原料；至於「院」則泛稱倉庫，由於政府在當地設置倉庫，以儲存盛產的木棉，因此名為由布院。一九五五年後，由布院和湯平村合併，遂改名湯布院。湯布院原為一偏僻山城，然而近幾年，日本女性雜誌屢以其為主題報導，遂將此地營造成集購物、泡湯、觀景於一身的度假小鎮，且被票選為日本OL最喜愛的國內旅遊景點之一。果然當天在小小的山城街道上，我們看到的多是裝扮簡約素雅，閒步觀覽、笑容可掬的日本年輕女性。

美人浴的泡湯樂趣，當然得被列在淑女的必備行程裡，然而我們卻不及享受，大夥兒只能利用有限時間，沿著古樸的街道走馬看花。此地保留江戶時代的古意建築，加以別致小物的個性商店處處引人流連，確實是「麻雀雖小、五臟俱全」的細緻景點。坐在遊覽車上，沿途但見美術館、民藝村的店招林立，據說「空想之森美術館」的主題展示，內容相當豐富，其中從九州地區的神社或百姓人家收集而來的祭典面具「土俗面」，尤其令我好奇。此外，民藝村的木工、玻璃、布染等實際操作與體驗，亦相當令人躍躍欲試。

跟團旅遊最令人憾恨之處，莫過於此。由於時間有限，以上所言我們都無緣欣賞，在短暫的景點停駐裡，我們只能鎖定小巧玲瓏的數家特色商店，隨興觀覽。以整體印象而言，此處的店家多採「集中處理」模式，以貓、狗、青蛙等擺飾為主題的商店陳設，充分展現了「數大便是美」的收藏景觀，即令平日對寵物敬而遠之的我，在面對琳瑯滿目、表情各異卻都活潑逗趣的貓貓狗狗時，也不免心動不已。

小街市的盡頭，則是溫泉匯流而成的金鱗湖。此去雖不是楓紅時節，也見不著晨霧瀰漫，不過湖邊閒立，仍然能夠想像與謝野晶子、北原白秋等日本著名文人，對此地青睞有加的原因。「金鱗湖」乃因陽光照耀於清澈湖面時，折射恍若金色魚鱗般閃爍而得名，然而細細想來，何處的湖泊不能波光閃爍如魚鱗？這個山城小鎮真正的魅力，其實在於由湖光山色、古式建築，以及工匠藝術等等，整體融合而成的特殊人文氣息。

深深迷戀此地的北原白秋，是位居近代日本詩壇「詩聖」地位的文人，他以短歌、童謠、民歌等作品得名。至於與謝野晶子，則是和與謝野鐵千同居生子的前衛女詩人，我曾在陳黎、張芬齡翻譯的《世界情詩名作一百首》中，見到她的詩作。她所創作較為著名的短歌，如〈經書〉：「經書酸澀／這個春夜／內殿的／二十五菩薩啊／改受我的歌吧」；以及〈假如〉：「和服袖子／三尺長／又無紫色帶子綁著／假如你敢／就拉開它」，表情大膽而熾熱。而一首〈然後〉：「然後／他和我／都十九歲了／看我們的臉／映在石津川的流水裡」，又充滿了青春少女純美自戀，且又自傷的情懷。這些戀愛所迸發出的浪漫短章，在金鱗湖山光水色的催發下，細細吟詠體味，愈發教人如痴如醉。

我不免想到，金閣寺曾因三島由紀夫的小說，而敷染上悲烈的美感色彩；伊豆則因川端康成的少年之旅，遂平添神祕的詩意與魅力；至於金鱗湖，我站在朗烈的晴日下，那歷歷的波光閃爍，彷彿也因與謝野晶子，而有了躍動的祕密，以及細微卻真實的生命顫慄。

——原載二〇〇六年十月二十六日《中華日報・中華副刊》

在憂鬱的陽光裡，穿行

你必然曾經來過。

一九九八年五月杪，我站在這片你曾佇足年餘的土地上，四望荒涼。眸中所見早已不復是你昔年畫筆下的吊橋風光，我深知岸邊的泊船及漣漪漾漾，業已隱入時光隧道；少了浣衣女的嘩嘩笑語與熙來攘往的馬車轆轆，斑駁的吊橋在正午烈陽的炙烤下，此刻愈顯得羸弱佝僂。但，我確是帶著誠意來訪你的，訪你曾經遺落於此的歌哭，訪百年前曾炙你的驕陽、襲你的mistral風，我想像我就是你，梵谷。

在隆河谷地強烈而乾燥的mistral吹拂下，枯瘺的草蔓引著焦灼的目眺望，卻只見麗日當空，你支起畫架，將它的足深深埋入土裡，再用繩子重重綑綁於地面的鐵棍上，以一種略帶神經質的手勢。「這樣就不會被颳跑了！」你揪著雜亂的鬍髭喃喃自語。正午的陽光將你的紅髮燃燒成創作之燄，梵谷，於是你拿起畫筆，用狂熱的油彩繪出對於故鄉的孺慕，是的，你在南國的明朗裡渴戀北方的陰鬱；卻又在北方沉沉的天色裡尋找夢寐以求的熱力。你還是來了，走十數里路，踽踽獨行於亞耳郊外，來尋一面與故鄉酷似的風景，一座回憶之橋。我想像在深冬的原野裡，孤獨的藝術家凝目遠眺，麥桿帽下的耳輪聽到的不是喧嘩笑語，而是呼嘯風聲，那種引人墮入渺渺時空的單調節奏。你沉吟半晌，然後，收回心神，倏倏描起眼下的景致，並在畫布上潑灑豔麗油彩以抵禦內心的萬般寒涼。你繪的既是亞耳的吊橋，也是心靈的故鄉，然則後世以囂囂之口，反覆爭論那是普羅旺斯的風景抑或是阿姆斯特丹的寫生，又有什麼意義呢？我看到你堅毅的嘴角微微蠕動，泛出一抹不易察覺的笑，當吊橋在畫布上煥然成形之際。你必然是滿意的，對於羅特列克的建議，對於來到南方的決定。巴黎畫家間永無休止的爭論令質樸如你者緊張，或許，普羅旺斯會更貼近真實生活的脈動吧！

但我終究不是你，梵谷。mistral的乾燥令人難以忍受，我難免擔心細薄的臉皮，此番又將流失多少水分、增添多少黯沉，這就是畫家與俗人之別吧！身旁的夥伴們對於鎮外這座老舊的吊橋，多已流露不耐神色，是的，我們再不宜久留。

在日正當中的時候，遊覽車進入亞耳，參差錯落的梧桐葉影影綽綽，首先兜得人滿頭滿臉，那細碎跳躍的光影隱約奏著祕密舞曲，同行者的心情都隨之雀躍了起來。果然，梧桐盡處竟是一陽光小集，平日安靜的廣場噴水池邊，不知為何選在我們初臨小鎮之際，擺起了熱鬧的攤子，五顏六色的布染隨風翻飛，琳瑯的小擺飾也眨著慧黠之眼頻頻致意，流動的人群、閃爍的商品以及盪漾在空氣中的柔軟音調，組構成濃烈的異國風情。這就是亞耳了，一片鮮麗黃澄的色調，明豔的陽光與泅泳在汗味中的人海，顯然迥異於鎮外吊橋的清冷。饒是如此，在亞耳熱鬧的市集裡，我仍然無端想起你，梵谷。為何小鎮朗麗的陽光曬不暖你心中日益增長的陰暗，只點燃眸中愈來愈深的孤獨？「一個人很合群地夾雜在庸俗的人群中時，往往會覺得自己跟大家並無兩樣，但終於有一日，他會達到牢固的自我諦念的境地。他能很成功地培養自己的信念，那信念又會適當地支配他，使他能向更高更善的境地繼續進步。」恍惚間，我聽聞你的回應在暈眩的正午拔出鼎沸的人聲，遙遙宣示；我看到火紅的烈日裡流竄的人群幻化、扭曲，變成賁張著每一瓣生命之火的向日葵，那花形，似乎整個在橙黃的色調中燃燒，每一方寸都鼓脹著濃烈的筆觸，以及你情感所特有的脈動力量。於是我也在泛濫洶湧的市集中載浮載沉，以喧鬧中的孤獨體會你孤獨裡的喧鬧，我猜，你的向日葵是被自身散發的烈燄給灼傷了。

你究竟想說些什麼呢？梵谷。我深信初臨南國的你，必然也曾經沐浴在髹漆著金黃色澤的小鎮裡，在普羅旺斯的藍空下愉悅地呼吸，一如我們此刻。穿梭在亞耳的大街小巷間，我們尋覓的僅僅是一種不疾不緩的步調，僅僅是家常布衣。一路行來，街角有坐在咖啡館外的法國男人，一面啜飲著遊客身影，一面向午後的歲月招手，如果風再小一些、心情再舒暢些，他也許願意吹吹口哨與樹梢的啁啾相應和。偶爾低頭沉思，可得小心被迎面而來的法國麵包重敲一記，嚇跑千呼萬喚始出來的靈感，滿街手捧紙袋的法國人，視長條麵包為生活上的必需品，看在遊客眼裡，綠葉映照下的法國麵包，儼然也成了「悠閒」的代名詞。還有小巷弄間頻頻伸出頭來偷窺的小紅花，那是亞耳居民種在窗臺的盆景，婀娜多禮、款擺腰枝，彷彿替代主人向著過往的行人問安。難道你不曾為之迷醉嗎？梵谷。小鎮的生生息息如此盎然，憂鬱，在此如何能夠存活？

我們來到你畫筆下的夜間咖啡屋，想尋它昔日風采。顯然，店主人刻意保存了它的舊貌，只為再現百年前的時空。然而圍坐成群的客人，畢竟為這幅畫布添了幾分生氣；跳躍啄食的鴿子，則忙著替欣悅的交談標點句讀，每一句私語裡都溢滿了咖啡味兒。在閃爍的光影間露天而坐，你可以縱容自己的軀體，在小小的香褐之海裡浮沉；你可以放牧自己的聽覺，在戀人的嘴角之間遊蕩。也或許，你願意回到屋內，與吧臺邊的侍者寒暄幾句，如果你有足夠的語言天才。法國人不是說了嗎？「站著的時候，我們彼此最靠近。」這就是午後的亞耳，一派悠閒、善意而可親。

我不知道好整以暇的居民們還能在此徜徉多久，只知道牆上的掛鐘匆匆催促著下一個行程，那可是你畫裡如假包換的掛鐘啊！梵谷。此時演奏聲起，悠揚的樂音裡，一位吉普賽小女孩開始沿座領賞。「小心看好皮包！」我聽到導遊輕聲地提醒。「櫻桃季節來的時候，吉普賽人就來了！」原來每逢櫻桃收穫時節，大批人力便湧入法國境內，他們是不受歡迎的吉普賽人。除了收割果實，他們更愛以雙手收割皮包，對他們而言，「偷」不是罪，只不過是另一種形式的「借」。法國人對此深惡痛絕，卻也束手無策。原來明亮的普羅旺斯天空下，竟也蔓延著悄然的黑暗，我驀地體會到小鎮無奈的陰沉面。啊，梵谷，那就是你敏感的憂鬱了吧。人們都說，來到南方的你心情已顯著開朗，但為何你仍愛塗敷令人悚懼的色彩？「我希望能夠用紅色和綠色為媒介，以披露人性中的可怕情欲。」你喃喃自語。是的，在〈夜間咖啡屋〉裡，你畫的正是紅牆綠頂，鮮辣照人。在數盞暈黃光束的投影裡，畫裡的面容愈顯得頹靡灰敗，那是無家可歸的流浪漢。我無法測知敏感的你透視了多少人性的陰沉，只看到你不斷用紅綠色彩畫女子潛藏的情欲，畫躁鬱割耳的自己。梵谷，你可曾在亞耳的晴空下閒坐啜飲一杯咖啡？你可曾對著陌生人傾吐內心孤獨？如果可能，你願意融入亞耳的生活節奏，與凡俗如我者共同呼吸、一起迎接每個新鮮的日出嗎？你當然不能。大自然有更深沉的啟示要說，你專注的聆聽令亞耳居民驚駭；忠實的表達則被目為異端，終於，你放任日益深邃的憂鬱走入千瘡百孔的靈魂，一如〈夜間咖啡屋〉外的深邃巷道，開向沉沉黑夜。

離開了夜間咖啡屋，我仍然無法想像亞耳午後的閒適如何化作你筆下深沉的躁鬱與凝視，或許，以百年後平凡駑鈍的遊客心情，去探測百年前一顆敏感心靈的深度，真的是項徒勞的努力吧。我不得不承認，在亞耳，我亦步亦趨，跟隨著你的每一吋足跡百般尋訪，你卻仍在迢迢的彼端。你，真的來過了嗎？梵谷，南方小鎮的靜謐與閒適，為何在你筆下全成了騷動與亢奮？一種充滿個人色彩的異質呼吸。或許，你的生命基調隱隱牽扯著亞耳土地下另一種細微的律動，那麼古老的競技場能夠詮解你嗎？梵谷。我知道你曾經來過這兒，高大巍峨的建築兀立在午後的陽光下，像一匹龐然的獸，我在午後的漫遊裡與它會面。據說在古遠的年代，凱撒曾以關愛眼神注目於這座小鎮，而以羅馬競技場作為他對擁戴者的餽贈，一個偉大的威權賜予。然而對你而言，政治的形徵毫無意義，在人聲喧囂裡來到歡樂騰騰的競技場，在亞耳居民盛會般的愉悅裡冷眼旁觀，你所做的，只是安靜的、如實的描繪。

我在競技場入口細覽你被陳列於此的畫作，回看在沉沉建築環擁後方那個蕭然的廣場，我想像百年前在此發生的一場場血肉廝殺，恍惚間，牛隻在炎炎的午後由暗無天日的地窖被引領而出，猛一抬首，亞耳的陽光刺目，激發了蟄伏已久的獸性，一聲興奮的低吼從乾渴的喉間發出，牛隻與牛隻間展開了狂野的怒號、奔騰、衝撞……。有時，則是奴隸與獸。競技場外有男子舉臂吶喊，狂呼助陣；有女子掩耳側首，發出恐懼的輕喟；有人挽臂作親密行；也有人交頭接耳地寒暄。而梵谷，我想超拔於擁擠的人群之外，你所關注的無寧是畫面遠方所展示的生命意義吧。穿越迢遙的時空，我凝立於午後的競技場，想像鮮黃的色彩下那種塵土飛揚的盛況，陽光依然灼燙，血滴在一次次的角力後倏地噴湧、飛濺而出，與火紅的烈日相映成激狂的暈眩，旋轉、飛揚……，那種顛狂的生命情態，直追你所崇拜的向日葵。啊，梵谷，今日斜倚在觀眾席裡慵懶午寐的男子，可能想見當年的活力？日暮時分來到場裡聆聽音樂會的民眾，又如何能在寒涼的晚風裡激發狂野的熱情？而歌者啊歌者，又該如何想像腳下的沙地曾吸納多少噴薄的熱血沸騰？對你而言，梵谷，當牛隻被牽出時，你必無可抑制地血脈賁張——悠閒的小鎮裡，原來也潛藏令人亢奮的因子，你於是知道，生命是一場淋漓盡致的演出。

關於生命，亞耳的居民是不會懂的，當創作成為向天地吶喊的唯一方式時，梵谷，你同時也遭到了人們的鄙夷與背棄。拉馬丁廣場上，一份請願書被快速地傳閱、簽署：「對於紅頭瘋子，那個外地來的狂人，我們請求鎮長將他拘禁」，人們怒吼著，發出悍然的要求。蜂擁而上的人群直撲你的黃色小屋，而梵谷，你頹然躺在地上，無視於即將來臨的噩運，無視於譏誚憤怒的男女老少。「我不再期望明知在這一生中無法獲得的各種幸福。我愈加深的理解：這一生不過是一種播種時期，收穫是要在下一次人生作的。這種見解大概是使我對於世上的俗念漠不關心的原因。」於是你被安置、被隔離、被無知的群眾目為瘋狂的精神病患者。當我們來到紀念醫院，這個你在亞耳停駐的最後據點時，梵谷，與你的畫作幾乎相仿的建築與林木、同樣灰敗的光影與色調，確實令我驚疑難置。今日的亞耳是多麼費心地在保存你所步履的一切，曾經的吊橋、曾經的咖啡屋，以及，曾經的醫院；架上展示的、街頭陳列的，更滿是繪著你作品的畫冊、手札、明信片和紀念郵票，如果可能的話，我相信亞耳的居民很願意將你的頭像驕傲地別在胸前。然而梵谷，我明明記得在〈亞耳的醫院庭園〉那幅畫裡，重濁的色調渲染著憂鬱，高大的林木直壓畫面，我可以想像背後有多少沉重與無奈。昔時橫天的唾液，已淹成今日滿街的梵谷，在此種弔詭的對照下，我不禁懷疑，梵谷啊，百年前的誤解，你是否甘願承受？而百年後的庸俗，又豈是真正的藝術家所樂見？

這是亞耳之行的終點了，當日暮時分來臨，我們又將奔赴另一個勒波石城，然後，沿著歐虹綺北走巴黎。旅途未竟，而我卻對這匆匆行腳滿懷歉意，彷彿，我也背棄了你，一如過往的亞耳居民。遊覽車在夕陽的光輝中疾馳，而茫茫大地似乎窺知了我的不安，「那是聖雷米（Saint Remy），梵谷在這邊的修道院療養了整整一年。」導遊忽然在巨大的沉默裡發言。自然是看不到什麼了，隔著千山萬樹，隔著百年的時空與冷硬的玻璃窗，那麼，為什麼而來呢？我的胸口鼓脹著，彷彿吞進了你所有憂鬱的色彩。聖雷米精神病院，梵谷，在生命面臨終站之際，你以渙散的餘力，在此繪出了對於生命的絕望。飽含生命力的向日葵，此時已被藍色的鳶尾花替代；一株株絲杉則伸著千手千足，向天際張牙舞爪地竄升。在窗外席捲而至的蒼鬱中，我彷彿看到了絲杉，那樣焦灼的攀附與求救，頃刻間那伸臂而來的林木又成了你，張著空茫疑懼之目，微俯著頭，在窗外定定向我凝視。那眼神，分明是彩筆下的自我顯影。在無數繪者的自畫像中，梵谷，你的誠實令我悚懼，行至山窮水盡處，堅毅的目光至此全成了絕望的睥睨；但下癟的嘴角，分明又洩漏出掙扎後的疲乏。生命是一場艱難的表現，在參差的光影中，我看到你默然頷首，而後，迴旋賁張的線條逐漸融入群樹的環抱中。

我還會再見你的，梵谷。兩天後我將抵花都，一個你亞耳行前的徘徊之處。我會在奧塞美術館裡重睹你的畫作，「我總認為一個畫家雖然死後，也能藉著自己的作品向後來的新時代，談論自己的意見」，你說。於是，我將看見年輕的習畫者支起畫架，在你的作品前專注地臨摹，那線條、那光影、那色彩。我會在心底悄悄對他說，去普羅旺斯看看吧，曬曬亞耳的陽光、吹吹亞耳的mistral，別老躲在密室裡埋頭苦幹。然後，我會給他一個讚許的微笑，我知道，他可能成為一個優秀的畫家，但絕不會是另一個梵谷。梵谷，你有自己的語言，那種內在的騷動與不安，旁人無法抄襲。

在暮色漸臨的荒野裡，一切白晝的活動亦將暫時偃旗息鼓。我倚窗假寐，腦海中穿行不斷的，是你的鳶尾、絲杉、奧維教堂、嘉塞醫生，以及每幅自畫像裡藍澄澄的眼神。窗外忽有撲翅之聲，我張開眼，原來成群的飛鳥正低低掠過，將廣闊的天際壓得沉沉。我於是看到你畫中的麥田，在無邊無際的普羅旺斯土地上飛舞、躍升，迎著mistral的吹拂不斷地孳乳、蔓長，然後，梵谷，趕在夕陽沉沒之前，它們穿越群鴉、衝破暮靄，將自己燃燒成一枚不落的火球。

註一：mistral為法國南部一種寒冷而乾燥的北風。

註二：本文所引梵谷的話見於何政廣編著《瘋狂的天才畫家——梵谷》，藝術家出版社，一九九六年一月。

——原載一九九九年十二月十三～十四日《聯合報・聯合副刊》

本文獲八十七年度教育部文藝創作獎

輯六

來自心海的消息

銜接歲月的相思燈
——阿盛vs石曉楓通信對話

阿盛老師：

接到《文訊》的專題邀約後，遲遲無法下筆，原因在於這樣的通信形式，委實令我有些尷尬：就時間而言，我們的師生情分不該延遲了迢遞歲月才展開通信；就空間而言，彼此的居停之處似乎又無須藉由通信便可以迅速交流，在時間之遠與空間之近間，記憶和情感都有些奇妙的交錯。

如果順著時間之流回顧，回憶的長巷盡頭，會是闃黑裡亮著白晃晃燈光的小教室，安靜的夜間校園裡大家圍坐成小圈，老師您不在圓內，您跟我們一樣都是圓周上的一點。這彷彿便是您一直以來的姿態，雖為人師卻不自居於人師，而是以對等的關係與我們一起討論文學。說起來我並不真正是所謂「私淑班」的成員，只在二十來歲之際，於臺灣師大人文教育研究中心開設的散文班裡，上過短短一期課程。時隔多年，還得向您懺悔一事，當時並不為寫作而去，我焦慮的其實是「如何教寫作」，彼時剛拿到碩士學位，甫升講師便在大二課堂上教授現代散文，臺下學生年齡與我相差無幾，站在臺上的我有些心虛，便想利用夜間進修，偷學幾招作家祕笈。記得當時您的上課方式非常樸實，便是《簷夢春雨》裡選錄的散文名家，林文月、余光中、楊牧、陳列、簡媜等，一週一讀，學員們輪番發表閱讀見解，您再適時補充。老師的音聲低沉微細，但每每有令我驚詫的銳見，我於是知曉，祕笈靠的是歲月與歷練，學不來。

我還記得一期課程結束後，老師在夜涼如水的課堂外頭，非常慎重地頷首勉勵：「妳程度不錯，可以繼續上進階班。」獲此肯定我雖衷心嚮往，奈何彼時適巧新的人生規畫已在眼前開啟，只能辜負老師的期許。從此雖非關山阻隔，但一路錯過諸多機緣，即使多年後定居處與私淑班近在咫尺，終究也未能再圓夢。我彷彿只是老師授課過程中的一小段歧出，私淑班的前緣後續，全無知曉，所以容許我以一般讀者身分提問：「阿盛寫作私淑班」因何機緣而起？「將就居」的命名又有何深意？到目前為止，桃李滿天下的老師，門生作品頻頻發表於報刊雜誌，想必私心所推許者甚夥，能否聽聽老師的說法？

老師對學生的關懷不在話下，這點我深深感受。十餘年間不見老師，再次會面居然已是校園文學獎評審會場。我所記得的第二個場景，是評審過後的校園咖啡座，老師與我促膝長談，聊生活、聊寫作、聊教學，老師且語重心長地言及面相之說，言辭多含蓄，我卻聽出箇中有對我性格的殷殷告誡，頓時有無所遁形之感。如此敏於洞悉對面之人，則人際往來間權衡進退，是否更能凡事洞明於心呢？我為此深深嘆服。

最後還要致謝老師一事，此涉及第三個印象深刻的場景：幾年前老師新著出版，囑我得便前往取書，奈何彼時正逢車禍腳部粉碎性骨折，手術後行動不便，老師聽聞狀況後二話不說，即刻鐵馬奔赴，親送到家。這帥氣騎車穿行街區的第三個場景，是我想像中的畫面，記得也是《萍聚瓦窯溝》裡，老師頻頻現身的姿態，鐵馬悠遊於永和繁窄的巷弄間，老師又是如何於亂中見美感、於雜地養純粹性情的呢？這點亦是心浮氣躁的我難以望其項背的。

多年來，對於老師殷殷告我「可以寫，要多寫」的期盼，我始終未曾付出行動。一年得一篇，怠惰如我，此生大概與作家夢無緣了，因此能以寫作班門生自居嗎？思及此真是惶愧無比。赧然接此任務，就在此悔過之心中，暫時擱筆去面壁吧。

曉楓　敬上

二〇二〇年元月十七日

曉楓：

這樣的通信形式，也是自然而然的。雖然都住瓦窯溝附近，但，妳忙著教學，我忙著看海放風箏，所以來往見面較少，正常。要緊的是，我們都一直記得彼此的曾經與現在。漫流人生中，有那麼些人有那麼些事，我還真的都忘得一乾二淨了。

妳不用懺悔那事，因為我當時就知道妳是想學一點教學方法，目的不在寫作。時隔二十餘年，仍記得妳上課時一直在書上畫線寫字，那是準備參考教材的標準動作，一般文青沒那麼勤於筆記。那一期，我看過作業後發現有兩個人適合寫作，其一是薛好薰，其一是妳。好薰如今著作兩本散文集。

之後至今，妳發表的每篇文章我都讀過，論文除外。我昔日的判斷無誤，妳確實該當寫作。

一緣一會，莫非天定。聚與散，我隨緣。而，世間諸般人事，形式上的聚散未必就是真實的聚散，有所謂的就珍惜，無所謂的就淡去。我究實很不喜歡當老師，所以畢業後沒去找教職，一九九四年離開報社，創設寫作私淑班，那是因由文友不斷「慫恿」，說是臺灣未曾有過，何妨試試。於是傻傻地開始招生，上課地點在臺北羅斯福路住處，我為住處取號「將就居」，意即將就過日子、凡事不勉強。橫匾是名書法家王軼猛先生手筆，懸掛客廳。私淑班以小友的立場命名，意思是他們可將名家當成榜樣，私下學一些名家長處。一九九五年遷居中和，住處仍號將就居，隔年再應要求繼續開班。當初，根本夢都夢不到會教這麼久，只能說這就是命。

妳說得對，我曾有意提醒妳留意性格方面的問題，但我無法洞悉任何人。我確實從師學習三十年，老老師教導很嚴格，我多少學到一些面相之術，好玩而已，藝不精到，不敢以此為生，但將來若窮如蒲松齡，也許用來混飯吃，到時妳如果在什麼廟旁看見我的攤位，我為妳解說，那要收費的，請記得。順便一說，我對人際間權衡進退也不能洞明於心，我的心思極少放在這方面，我認為，用心期盼有人來請吃一頓大餐賽過用心去權衡人際關係。又順便一說，我如今恆牙全在，眼未老花，非常適合經常見到並吃到大餐。

騎腳踏車四處逛與無目的地健行，是多年習慣，作為寫作者，多看看世間百態是必要的，同時練腳力。大臺北地區，許多角落看似尋常卻頗富美感，人們也一樣。排除刻板印象，有些人與事與景都相當有意思。我想，境由心生，凡人去看看凡人凡事凡景，自覺感受到美，那就夠了。偶爾，我到海邊，就只靜靜地觀浪，或去左近小漁村走走，隨興，無預期，甚至漫不經心，總也興盡而返，沒實際收穫什麼，一條魚蝦也沒帶回家，內心卻著實豐豐滿滿，那種狀態，哎，真美。至於純粹性情，我真的沒有，妳也不屬於心浮氣躁一型，妳只是個性比較強，近幾年見到妳，明顯有了改變，柔軟了些，好現象。

面壁的事讓達摩去做，趁妳還年輕體力好，多寫。妳當然與來將就居的小友同樣。我總對某些有潛力的小友盯得緊，妳是其一，可是不特別勤奮於寫作，也許不全然是怠惰，現在教大學生很累人，想是這方面妳費了很多心力。又可是，妳還是有在寫，如果化惶愧為動力，不用面壁，直接面對悟得檔或稿紙，成績肯定更可觀。妳看看可愛的王盛弘、賴鈺婷、林育靖、鄭麗卿、廖淑華、石芳瑜、張郅忻、盛浩偉、陳栢青、蔡文騫、吳媗翎、黃春美、劉素霞、林佳樺、白樵，他們都很有自覺，自我發展，而且沒有後悔過。嗯。

阿盛問好

二〇二〇年元月二十七日

阿盛老師：

點將錄洋洋大觀，果然一片好氣象。提到上課往事，好薰亦是師大國文系畢業，高我數屆，當年於夜間課堂上巧遇素不熟稔的學姊時，心下有些詫異，或因大學期間的好薰學姊內斂自持，完全不知她鍾情於寫作，果然老師有慧眼，立馬辨識其潛力。好薰學姊多方發展繪畫、攝影乃至潛水等諸般興趣，且發而為文，卓然有成，思及此我又得惶愧一回了。

還記得老師在《海角相思雨》裡回憶幼時往事時，提到打鐵匠、乞者、賭徒、娼寮酒家諸文，那些跟隨百工、探問各行，興致勃勃的行徑，每讓我想起《從文自傳》裡逃學遊蕩的孩童；中國當代小說家畢飛宇在其散文集裡，對各色人物亦有此等觀察的興味。作家本性源於好奇，好奇而生關懷，但或許因為個人的生活經歷有限，雖想接地氣、閱人事而終不可得，這是我最感遺憾的部分。又，我讀周志文老師及您回憶往事諸作，提及舊識時，對面之人言語謦欬、聲貌神容穿越數十年光陰而來，宛若昨日初見，更驚詫於您們的記憶力。世事歷練與記憶寶庫聯袂而來，下筆簡直左右逢源，頓悟經驗匱乏又健忘者如我，難怪當不成作家了。所幸，吾人尚有一定的敏銳度和自覺，「大餐」云云，業已默會吾師之意呵呵。

又，無聊淺薄如我，發現老師此番回信字數竟與學生的去信一模一樣，莫非是有意為之？此等本事雖小，為之亦難，黠者吾師信手拈來，不費吹灰之力。我又想及老師素來喜在文字創作裡添些機關，還是談談《海角相思雨》裡的巧思吧，記得新書發表會時，您曾提到該書有意脫離過往寫作的窠臼，較具實驗性質，例如書中的十五篇散文，刻意嘗試完全不用「我」一字，此舉實在太具挑戰性了，所謂「掃描性視角」，豈不是將小說手法給搬用入文？再說語言的運用，老師強調大凡閩語如「剪綹」、「飄瞥」等書寫，必謹慎用字，因為不允許自己的語言受到輕視。其他如疊字連發、文白相間等書寫策略，都反覆驗證了您重視藝術美感、文學鍛鍊的心跡，這與著根於土地的聲息與內涵，共同打造出阿盛獨創的散文品牌。寫作四十餘年，結集二十六部散文，老師有過風格定型或難以突破的困擾嗎？

之所以斗膽突發此問，實在導因於對自我的反思。忝於學院任教若干年，青春無敵的少男少女們一代換過一代，曾經我自以為心智尚稱流動而活潑，既勇於接受各種新事物洗禮，自然得常保活力。然而近日裡偶然考察私心鍾愛的各國電影導演，赫然發現聲譽日隆者，居然皆與我年歲相近，瞬間有浦島太郎仙鄉一日、人間萬年的滄桑感，原來我已不再年輕。類似的衝擊也表現在對其他事物的觀察上，例如身為文學教學者，閱讀副刊文字是長年維持的習慣，近幾年，我卻逐漸發現特異的散文創作品種已然形成，年輕一輩寫作者的思緒流動、觀物角度與行文方式，明顯與我輩不同調，從而展現出世代感覺結構的差異性。我既驚喜於他們表達之鮮活，又深恐於己身品味之固著，這種身分自覺令人警惕。老師多年來屢屢擔任各大文學獎評審，遍讀佳作之餘，對於當今的寫作趨勢，可有何感受與建議？真想聽聽老師的獨到見解。

偶得良機，過年前、後能分別與老師通信，彷彿舊歲有了美好的結束，又儼然新年有了充滿元氣的開端。平日要聽老師開金口，難上加難，因此格外珍惜這次紙上歡聚。拉雜提問，無非是一場場學習，感謝老師多年來的錯愛、關心與栽培，也祝願您

新年大好

曉楓　敬上

二〇二〇年二月一日

曉楓：

這個春節，稍稍有別於往年，瘟疫引起的恐慌，明顯可察。之前已有小友特地為我準備了年菜，足以吃到初五，所以我沒出門。另開心的是，許多小友來將就居陪

伴，他們都是善良的好文青，知道身在「僧廬下」的人已經了然悲歡離合總無情，喜歡偶爾熱鬧熱鬧。

妳如今仍在「客舟中」，偶爾聽到幾聲斷雁叫西風，談滄桑感可能略早了些。寫作，各世代各寫自己的世代，那很自然，手法的變化、思考的流轉、觀察的角度，其實萬變不離其宗，每個世代都可以自我創發。至於同調，本來同世代也不會都唱同調。所謂潮流趨勢，只是皮相，我們與詩經時代的人差別唯有髮型與衣樣，其餘全同。

寫作好比登山航海，各自努力就是。面對歷史長河、面對廣闊天地，我們謙卑俯首，盡力爬幾段山路撈幾個海貝，不虛驕不自輕，能寫多少就寫多少，知道自己寫了些什麼，那就可以了。如果能給年輕人建議，那只有一句話：放心下筆，寫你想寫的。

進入二月，燕子即將再來。見到一次燕子，就是過了一年，真是驚心。二十多年前，我剛搬家到中和，在電梯裡遇見一個鄰居懷抱女嬰，去年，那女嬰懷抱一男嬰，與我同搭電梯。當下我立即蒼老了好幾歲，那感覺，不很像浦島太郎仙鄉一日、人間萬年，比較接近李伯大夢。

好吧，回到現實。我不是聽話的乖小孩，還真有點類近湯姆與哈克，愛看愛問愛玩，討人嫌。也就是因為當年見多了白眼，長大後寫作時自然會翻找出許多令我青睞的題材。如今必須衷心感謝昔日嫌我瞪我的人，認真說來，他們都是我童少年時的老師。我一直沒有階級觀念，頂多只將人分為兩類，一是順眼一是不順眼。我喜歡與各種順眼人打交道，健行時，若遇見賣蔬菜香腸玉蘭花麻糬的小販，我常常買一大堆，然後跟他們聊天，如果貨物不多就全買下，這樣小販就無後顧之慮，聊多久都沒關係。久之，無意中累積了寫作素材，此亦無心插柳之喻也。

我的散文集是二十三本，妳可能合計了自選集。風格定型或改型其實無所謂，想變只在一念間，隨時都可以，多年來也一直在嘗試。大致上，《行過急水溪》時期是一個階段，《綠袖紅塵》時期是一個階段，《夜燕相思燈》時期是一個階段，《海角相思雨》時期是一個階段。各階段都因年紀經驗思考不同而有明顯差異。作品中借用小說手法是有的，為了試試自己能做到什麼地步，鄉鎮野小孩本性，好玩，好玩就好。

上一封信，我提到「無法洞悉任何人」，需補充說明一下，因為小友們亦經常提問這事，於此一併答覆。是這樣的，我行走世間，遇過許多真誠寬容善良的人，當然也遇過一些反面的人。後者，可能在對你講了一千次最親最愛之後，第一千零一次突然翻臉，你頓時成了最輕最礙，他早已摸清你的弱點，下手快狠準。此則為什麼我不敢說洞悉人心，那該是只有老天上帝做得到。我的意思是，命相之術，多少有助於了解人性之概約，但不是萬能神器。然而，我至今仍相信並願意去發現人性之美，那美如大海如高山，甚至美到無可形容。

吾友當然有一定的敏銳度和自覺，但也太過敏銳了。吾人豈是意在大餐耶，只因時逢春節，難免提起吃食。我女兒幾次說，於永和比漾百貨見到妳正在吃飯。我呢，常在妳家樓下吃飯，有時想請妳移步，再思，妳可能會搶著付錢，乃作罷。

歲逢庚子，生肖錢鼠，希望我們都平安健康，無災無難到很老。並祝福妳

歲月動好

阿盛寫下

二〇二〇年二月六日

——原載二〇二〇年三月《文訊》第四一三期專題「老師的老師」

想起那些青春撩亂之詩——凌性傑vs石曉楓文學對話

凌性傑

親愛的曉楓，一直記得，念大學時最喜歡到國文系圖書室找妳閒聊，把自以為是的手寫稿拿給妳，等著被稱讚。偶爾會聽到妳優雅地回應，喔有錯字。那時我也常對妳的眼光提出質疑，感謝妳的包容，不以為意。多年之後我們還能繼續亂聊、一起編書，是生活裡值得珍惜的幸運。關於品味這件事，我的好惡始終分明，跟妳的頻率很相近，只是評價人事物可以多一點修飾了。之前讀到妳寫金門的中學歲月，尚未集結出版的那些篇章（如〈唱遊課〉、〈國文課〉），八〇、九〇年代似乎像一系列的水彩畫，主題鮮明，印象深刻。

那一系列的青春回顧，相信那是妳「刻在心底的名字」。文章裡曾經與妳交會的人，不知道是否還有聯繫？

那是妳最想重返的黃金時代嗎？經歷一些人情「事故」，才終於明白年少知交跟我說的，熟人跟朋友不一樣。

我很喜歡黃金時代、鑽石時刻、琥珀時光這些詞彙。記憶裡的寶石始終是寶石，似乎沒有任何變化。

石曉楓

親愛的性傑，我剛剛非常珍惜地將你的新著《文學少年遊》讀畢，覺得閱讀的不只是文字，而是一段長長卻不曾變質的歲月，我想，你應當便是自己所謂「鑽石時刻」、「琥珀時光」的創造者吧？也許，每個人心裡都有一塊私密的樂土，但你在書裡反覆把這片樂土描摹復描摹，因為文學的滋養，青春歲月徬徨卻不孤單；即使孤單了，也不至於絕望。有時我想，這片樂土是否真能抵禦現實的搏擊呢？又或者那竟是一種逃遁？一種解脫？比起我來，你對書寫的信仰堅定多了。

你題字贈書時一貫圓圓的筆跡，就彷彿臉上恆常掛著的微笑，那麼溫暖而誠摯。學生時代我們在圖書室裡相逢的時光，凡此恆定美好的氛圍都留下來了，至於所謂質疑或包容，我竟是毫無印象。記憶便是如此，每一段值得回味的時光，都經過一定程度的美化。當年你的微笑固然是明亮的風景，但其實在求學兼任助教的時光裡，我的心卻曾是幽黯無比，人事轇轕無日無之，細碎繁瑣的行政讓人如籠中之鳥。我那麼想離開衷心嚮往的學術場域，而當時，是你所不甚欣賞的豐子愷拯救了我，他讓我看到在不同世代下，一位文人篤定堅持、意態從容的立身之道。所以碩士論文的寫作，其實是我對生命本質一次重新的反省與觀照，我們總是必須在閱讀裡自救，那是比回憶和書寫更深沉的事。

也因此，寫金門的中學歲月究竟意味著什麼？說來慚愧，對生性疏懶者如我而言，仍是源於故鄉《金門日報》副刊主編之邀稿，略作思量，我有了〈美術課〉、〈國文課〉、〈英文課〉、〈音樂課〉等系列小品的創作構想。有感於青春時代在離島的有限記憶，已如流沙般將要被捲走，我興起書寫的念頭，無非是為了抵禦遺忘。然而那是我想重返的黃金時代嗎？在回憶的美好裡，其實我的美術課裡暗藏了技藝難達的悲傷，國文課裡有私戀的苦澀，英文課裡有對性格缺陷的過早體悟，而音樂課裡感受最深的，則是曲調背後的寒涼。不僅是中學時光，生命裡的每一段歲月，彷彿都曾有過蝕骨創傷，即使那銳痛已被時光磨鈍了，回味時心頭仍有微微的疼，在秋漸涼的午後。

凌性傑

從來沒跟曉楓提過我那些青春撩亂的事故，往後大概也不會寫出來。在嘉義讀碩士班期間，我曾經是感情世界的背叛者，也曾經介入他人的感情，把苦戀發展成一項才華。就像某位女明星說過的，「好傻好天真」，她的懊悔我一直懂得。愛情有保存期限，青春也是，我把這些事件想像成琥珀裡的蟲屍，安靜封存就好。其中有一枚琥珀，是深深相愛的印記，但對方選擇了最習慣的人，割捨了最天雷地火的我。時隔多年才知道，對方那個「習慣」並不久長，很快也被割捨了。

沒有明天、只有當下的那種戀愛模式，再怎麼絢爛漂亮，最後都是燃燒過後的煙花碎屑。現在的我相信，那是腦部發育還沒成熟，才會一直自討苦吃。殊不知，吃苦根本無法當作吃補。況且有些事，吃再多苦也無法變得圓滿。

二十四歲到三十歲之間，每一次結束感情，就搬一次家。不斷地丟棄與逃跑，是無法再愛的病徵，也是無法安於生活的蒙昧狀態。感情的心居難成，文字世界（尤其是詩）始終是我可以依靠的家。很慶幸逃過了青春暴躁，畢竟真正的成長有時是很容易致命的，《文學少年遊》想要說的大概是歷劫歸來的心情吧。

石曉楓

蔣勳寫臺靜農老師二十歲時，曾在夢中吟哦得句：「春魂渺渺歸何處，萬寂殘紅一笑中」，此句一擱六十年才接上。他因而發出那麼文學的提問：「青春的中斷的詩句，可以等六十年再續寫嗎？」中歲聞此，倒也別有所思所懷。所以，文章裡曾經交會過的人，是否還可能再有聯繫？有什麼最想回返的時光嗎？非常傖俗地以一小事回應你的提問，曾有一魔幻之年，青春時遭逢的愛人莫名皆來聯繫，有如何寶榮般提「不如我們從頭來過」者，有言「因為妳懂得生活」故興起歸返之思者，有尾生抱柱般信守時光裡消逝的誓言者，但現世荒謬，錯過的如何再接續？人已改景已非，心境情懷識見莫非一無所長？我看待時光約莫如此，曾經的諸般痛感成就今日之我，所謂「鑽石時刻」、「琥珀時光」無不須經高熱高壓錘鍊、萬般切割打磨而成，鑽石因展示了生命的諸般切面而璀璨；琥珀則有了內裡那些千萬年前被樹脂捲入的昆蟲後，才更耐人尋味。所以，雜質與苦痛曲折了生命的深度與層次，變幻才是「鑽石時刻」、「琥珀時光」的奧義。唯今日之我不願再重返那些時光，現下已是最安寧的風景。

你題字「詩酒相逢，長似少年時」，我想那指的是始終醇淨的某種心境與永恆眷戀。在書裡，你寫國中、高中乃至研究所時代，你的《文學少年遊》滿布青春氣息，那同時也讓我羨慕。年輕時讀白先勇的小說，無論寫歷盡滄桑的《臺北人》，或徬徨街頭的《孽子》們，乃至於《牡丹亭》的搬演，我看到的都是作家對於「青春」難以自棄的眷戀。長久處於中學校園裡，你仍有年輕的眷戀與感動嗎？而冷眼熱情看《男孩路》上的少年們，你又怎麼觀察不同世代的青春樣貌呢？

凌性傑

青春中斷的詩句，能夠接續當然很好，如果無法接續，中斷也不可惜。現在，我喜歡「不可惜」勝過於「可惜」，此外也喜歡「已經」與「曾經」。

我無數次跟南海（男孩）路上的青年分享：「不要吃窩邊草、不要吃回頭草、不要自討苦吃。」因為感情裡這些最難吃的東西，我都吃過了。只是聽者藐藐，非得自己嘗過了，才終於驗證難吃是怎麼回事。一直希望，自己遭遇過的痛苦學生們可以倖免。但是再怎麼殷切叮嚀、口傳心授，經驗總得自行累積，即便有他人的生命史作為借鏡，可能還是會跟前行者犯同樣的錯。

青春不堪眷戀，每一次回頭都覺得膽戰心驚。曾經發生過的，我已經不後悔了。正在發生的，我希望可以慢慢品嘗，不管其中滋味如何。

上個世紀末，大學、研究所時期太過放肆，以為青春是拿來虛擲的，甚至拿來糟蹋也無妨。青春是一種時間感與精氣神相互融混的狀態，在那個狀態裡容易蓄電與放電。常在KTV通宵達旦地唱歌，飲食無度，笑鬧狂歡。有一回騎摩托車夜奔阿里山看流星雨，清晨趕回民雄打工上課一整天，一群人沒有誰喊累。也曾呼朋引伴驅車墾丁，在無人的南灣沙灘上舉著火把跳舞。同伴想要推我入海，我說我自己來，為了不讓衣服濕掉，於是脫光衣褲縱身躍入海洋。月光照耀，浪潮起伏，我裸身奔跑，泅游，吼叫。

慶幸那時通訊不發達，手機沒有照相功能，數位相機也不普及，這些事偶爾在記憶的相紙上顯影，而且愈來愈模糊、愈來愈淡遠。

最近很愛「長似少年時」這句話。這句話前面另外加上一個敘事句或表態句，可能像極了一首詩。如果青春值得珍惜，我想那是因為有用不盡的天真、果敢、熱情。

曉楓做過哪些輕狂的事嗎？有沒有為了什麼感到後悔？

石曉楓

學生時代誰不曾上山下海，熱烈燃燒著青春之火？我曾浪遊終夜，清晨時分才潛回宿舍補眠，卻被盡責的室友們好說歹說，從床上勸到課堂。階梯教室裡因遲到而被迫坐在第一排，然後……然後在後方幾十名同學的見證下，不敵睡魔侵擾，我在老師炯炯的目視中公然全程趴睡，這成為多少年後，同窗們仍樂此不疲，以為調侃之資的老笑話。而多年後，我仍有過恍如青春重回的魔幻夏日。北海岸之夜，海濤規律地拍打，聲聲入耳，柔細的沙淹沒腳踝，我把雙足埋在裡頭，感覺像被溫暖的手輕輕撫摸著。初執教鞭的我，仍幼稚地需要學生的安慰，我們在漆黑中嗤嗤嚓嚓燃點起仙女棒、大龍炮，夜空頓時輝煌了起來。有人躺在沙灘上喟然長嘆：「這才是人生」；有人想起早逝的生命：「他是我們燦如煙火的朋友」；有人問我：「妳什麼時候會好？妳不好的時候比較沒有距離感耶。」簡直重來的二十歲。

年少輕狂，每每以為放浪、恣肆、特立獨行才是瀟灑，抱著雖千萬人吾往矣的決心，去衝決網羅、去追求所愛，換來的卻是指導教授一句嘆息式的勸勉：「世間多的是烈性女子，卻少見剛性男子哪。」前日偶然在美髮沙龍裡重聽陳綺貞〈流浪者之歌〉：「我的雙腳／太沉重的枷鎖／越不過／曾經犯的每個錯」，中心動搖，恍然有夜深忽夢少年事之感，歌者唱著「撐住我／止不住的墜落」，然而在青春年華裡，誰不曾渴望過墜落的美感呢？我們以自由、誠實為最高價值，以不羈、潦倒為光榮，然而我們對「美麗失敗者」的理解卻何其膚淺，二戰後所謂垮掉的一代，那種「beat」背後的堅實信念，我們與其相差又何止雲泥？我們只一味想做不法之徒、想挑戰單調的主流價值，行事以即興為率性，卻往往傷人且自傷。中歲之後回首，終於幡然醒悟，當年所缺乏的，正是對他人的體恤、顧惜與尊重。親愛的性傑，中夜往事一件件思及，難道你從不曾升起這樣深深的懊惱與假想：如果當初能再沉著一些、細膩一些呢？曾經發生過的，真的能完全不後悔嗎？

凌性傑

曉楓，我常常處於懊悔之中啊！只能盡量不要懊悔太久，那會干擾當下的生活。說也奇怪，能夠引發後悔情緒的，往往都是有意思的事。有些人常說「我於青春無悔」，這樣的狀態我難以想像。《親愛的房客》裡，莫子儀把懊悔、自責的角色詮釋得太好了，好到讓人心痛。我想，長久受困於懊悔，是一場精神災難。

我三十歲以前的心態很幼稚，美其名為青春，事實上是有點弱智。總以為做錯了什麼，大不了重新來過。《刻在你心底的名字》、《三十而已》這兩部戲，不約而同引用了這句話：「如果你給我的，跟你給別人的是一樣的，那我就不要了。」別人對我說過，我也對幾個不同的人說過類似的話，然後，說不要就不要了。還要鄭重宣告，絕對不會後悔。

我常在國文課跟學生掏心掏肺，有次不小心說了三十歲生日那天所做的事。三十歲，我心理上的青春期應該要告一段落，不能再繼續下去了。為了不再被懊悔所困，我鼓起勇氣，打了幾通電話跟自己傷害過的人道歉。我說，自己當時真的太任性、太沒分寸，現在很後悔做過那些傷人傷己的事，很對不起啊。當電話那頭淡然一笑，跟我說沒關係，我感到自己瞬間成年了，因為有了歲月感。學生聽完這件事，很直接地嘲弄我：「老師，你那天花很多電話錢喔？有沒有講到燒聲？」不無感慨地跟他們說：「希望你們的三十歲可以不用做同樣的事，可以比我更成熟。」唉，我於青春有悔。

大概是三十歲生日前後，自己的第一本詩集《解釋學的春天》出版，封存許多年少狂亂。在這本詩集裡，保留著最反叛、最有實驗意味的語言，從此之後，我再也不寫那樣的詩了。

親愛的曉楓，我在大風吹拂之日在金門遊蕩，看著高粱結實纍纍可以拿來釀酒了，想著這是妳青春的棲居之地。也想著我至今最慘烈的兩次醉酒經驗，都是有妳陪伴著，無比感激。感激此刻，美好的事物等待收成，有些事情可以拿來自嘲，有些事情不必再刻意解釋了。

——原載二〇二〇年十二月七日《聯合報・聯合副刊》

歡迎來到人生下半場——凌性傑vs石曉楓文學對話

石曉楓

無論有過多少青春的縱情與神傷，生命裡曾有過多少後悔與值得，終究，我們還是進入了人生的下半場。那麼，在這場對談的下半場，也換我來提問一下人生。我想從一部電影開始，正確地說，應該是指伊森．霍克（Ethan Hawke）與茱莉．蝶兒（Julie Deeply）所主演、時距長達十八年的系列三部曲。

遠在上世紀九〇年代中的《愛在黎明破曉前》（*Before Sunrise*，一九九五），二十來歲的男女主角在歐洲旅途中，有了一場浪漫的邂逅，即將於隔日分道揚鑣的兩人，經歷一夜漫長的維也納街頭漫步，臨別前相約半年後於原車站再見。爾後，生命中錯過的兩人，於二〇〇四年的《愛在日落巴黎時》（*Before Sunset*）裡，則演繹了三十多歲時在花都的重逢，成為作家的男主角傑西（Jesse）至巴黎進行巡迴講座的同時，終於與女主角相見。兩人從咖啡館走出後，又是一場漫長的街頭對話，臨了在席琳（Céline）的公寓裡，隨著歌聲款擺的她催促著傑西，該搭機返美回到妻兒身邊了。

直至二〇一三年的《愛在午夜希臘時》（*Before Midnight*），這對相戀長達十八年的銀幕情侶終於結為夫妻，還擁有一對可愛的雙胞胎女兒。相較於前兩部邂逅與重逢的浪漫，觀眾仍可看到兩位戀人充滿機鋒的對話，慧黠且幽默；只是進入不惑之年的人生裡，衰老、死亡竟已逐漸侵入情愛議題的討論中。

整部電影從夜晚的飯店場景之後，開始陷入難堪的爭吵與現實的暴露，傑西的浪漫骨子裡潛藏著大男人主義，席琳的聰慧裡則摻雜了令人難忍的霸氣，生活中種種瑣碎的爭執一件件被揭示，除了母職問題的討論外，尚有其他龐大、複雜、難解的問題，兩方對彼此自私、任性的指責與怨懟令人難堪，男女對立的論辯也逐漸令人不耐。但一切又是如此日常，日常到讓我們必須相信，這就是人生，「雖不完美但卻真實的人生」。

作為與主角年齡設定頗為接近的一代，我是幸運的。二十來歲時，我們與銀幕裡的兩人共擁青春的勇氣、浪漫與自信；三十來歲時，我們也同步經歷了生命的滄桑、遺憾、追求與修補；而到了四十來歲，補綴過的人生卻還有無盡待補綴的命題，它們如蛛網纏繞，你只能在微笑、自嘲中坦然面對。

我曾在觀影的當時，祈願自己還能繼續與五十歲、六十歲、七十歲的傑西和席琳重逢，期盼仍能在銀幕世界裡，看著他人的人生，從而得到自我繼續前行的氣力。那一場場城市裡的街道漫步與長談，難道不是生之途的微妙隱喻？再一個九年又即將來到了，不知這一回，席琳與傑西又要演繹什麼樣的人生？我只知道這段時日裡，眼見初老的朋友們，有人依然宣稱自己是「後青春期少女」，有人自嘲已開始飄嬸味，有人致力於鍛鍊熟女的美好人生。親愛的性傑，到了這樣的年歲，我們到底應具備怎麼樣的特質？又該如何抵擋，或抵達自己呢？

凌性傑

這時忽然想起電影《年少時代》，一個從男孩變成男人的故事。看電影的時候，我隨著男主角梅森重新經歷了童年、青春期以至成年。有很多時刻，我按下暫停鍵，仔細端詳梅森的父親母親，很能同情那些中年處境。人生下半場，只能繼續負重前行。

四十歲生日，給自己買了一支萬寶龍限量筆，名字叫做達文西。那時想像一筆在手，自己就可以像達文西那樣開創一些什麼。四十五歲生日前夕，去辦了一張健身房的三年期會員卡，希望藉此重新發現自己。看完網路上的劇集《三十而已》，我覺得人生有「而已」真好。擁有「而已」這個咒語，像是可以為世間萬物施法了，也可以幫自己定心。劇中三個女主角在三十歲生日左右遭遇大事，我很喜歡戲裡面的許多金句，例如：「二十歲追求的是樣式，三十歲追求的是品質。」「唯一不擔心後路的方式，就是把前路走得更長些。」很期待往後可以說五十而已、六十而已、七十而已、八十而已……中年開始健身，為的是可以優雅地老去。

對我來說，所謂中年況味，大概就是處變不驚吧，因為許多驚駭早已經事先設想過了。從健身房出來，立即補充醣類、蛋白質，偶爾犒賞自己一小盞威士忌。朋友跟我說，健身是一種六親不認的運動，限時完成一套又一套的重量訓練，專注於身體，一切得獨力完成，各種痠痛與增長只有自己知道，多像人生的本質。

喝著白州，想起火逆期間，我去的那家健身房頗不平靜。暴力事件主角不是男性，而是樂齡姊姊。第一件發生在女性三溫暖的烤箱，有一位年紀六十左右的女士在烤箱內擦抹乳液，引發爭吵，於是赤身裸體地朝對方又抓又打。第二起比較驚悚，曾經上了平面媒體跟電視新聞。主角姑且稱為貓女。某個晚上，已經喪失會籍的貓女抱貓來健身房，工作人員請她帶貓離開，她忽然情緒炸裂，大聲吼叫咆哮。有個外籍男教練上前處理，貓女要旁邊的女教練幫忙抱貓，女教練不肯，貓女遂把貓摔在地上，開始追打男教練，男教練被抓得渾身是傷。後來貓女脫去連身衣裙（裡面沒穿內衣褲），在偌大的健身空間奔跑，干擾其他人。最後大絕招是，就地躺下，下體朝上，露給眾人看。警車、救護車在半小時後抵達，強制送醫了結。（我關心的是，那隻貓呢？）

親愛的曉楓，這些事使我發覺人生的艱難——難的是調伏躁亂，難的是跟世界保持一點美好的距離，難的是好好了斷某些關係。少年絕交，常因為不懂珍惜。中年絕交，往往是有了智慧。有朋友告訴我，他與某人「已經不往來了」，我想起臺靜農先生詩句「分明恩甚成輕絕」，自己身上忽然飄出中年味。

優雅的曉楓，妳會怎麼想這些事呢？

石曉楓

事實上我一點都不優雅，性格本質甚至是暴烈的，但卻相當害怕生活裡存在著難堪的怨懟、失控的謾罵。十七、八歲時，與友人曾因誤會而在臺北街頭相談不歡，當時友人動手扯我的提袋，包包裡的筆記本、書籍、紙筆，以及衛生棉，因此散落一地，路人紛紛佇足圍觀。那一幕慘劇到如今仍歷歷在目，雖則我與對方早已一笑泯恩仇。掉落的衛生棉讓我不斷回想起街頭那個臉紅的少女，即使現今的自己早已理解到，那並不可恥，但無來由地，你就是不能放過那個曾經狼狽的自己。一件小事成了抹不去的印記，更不用說其後歲月裡，經歷了多少生命歷程的長久之傷。

既然有些傷痛避無可避，那麼在可能範圍內，能閃則閃吧，這反映在交友關係裡。對於「氣味相投」這回事，我絕對好惡分明，遇上調性不合偏又必須時常接觸者，為了免於臉上表情洩漏一切，或不小心飆罵的尷尬，怯懦如我通常選擇走避，能不見一回，便少見一回。中年絕交的智慧我還沒有，不敢輕言絕交，也說服不了自己，還走不到坦然自適的生命境界。

這讓我想起一位極有繪畫才華的朋友，我們同窗十餘年，偶然聽聞他落腳於中台禪寺，再見面已恍如隔世。原來法師當年念的是藝術，畢業後也一直隨興做自己喜歡的事，對人生困惑時，便出走旅行去找尋自我，「但是你知道，旅行之後再回來，然後再出走再返回，這樣的循環是沒有用的。」他說原只在偶然機緣下往精舍學打坐，學了三年後，次第放下房子、菸酒、情感等執念，清淨種子漸起，自然而然便出家。

那是俗障多深的年少時代啊，他卻早已從反對運動的參與者，抖落了一身塵埃上山修行。他業已一念成佛清靜自在，我卻仍是塵心可議俗障難了。

執念要放下何等艱難，所以如何調伏躁亂、如何了斷割捨？我還在學習。中年以來，做得更多的恐怕是「重拾」，拜網路社群媒體之賜，在某段時間，同學會成為中年人最時興的話題，雖然還不到杜甫「訪舊半為鬼，驚呼熱中腸」的年歲與驚心，然而老友晤面，前塵往事也漸有不堪回首之嘆。年輕的時候，大約關注的無非情愛與未來；友誼，好像有無盡時間能夠慢慢再經營。如今到了回頭看的年紀，這才看出了自己昔時的冷淡與匱乏：冷淡於關懷、匱乏於付出。慚愧的是，老友們卻始終熱誠給出不求回報的友誼。

雖然衷心赧然，然而卻總有雙旁觀之眼，提醒我現今的重逢，不過是由昔時玩伴的模樣聲口勾勒回往昔，然後拼湊起每個人之後這樣那樣的人生。我們的腦內小劇場很有戲，熱衷於真實與虛構間的言談與想像。然後忽爾有一天，會不會我們對這個那個的人生又失去興趣了？然後一切又乏味了、又沒勁了。人到中年更應有友朋交遊，生性疏懶冷淡如我，如此怠於維繫人際關係，大約要孤獨老了。

但現今我焦慮的並非如此，因為現實生活裡，我仍傾向於建立關係不多卻深刻的友誼，他們總能在關鍵時刻拉我一把，或彼此給予心靈的慰安。比如面對老去的思考：不僅是自我的，更多是父母的衰老、照顧與陪伴，這是中年人最必須直面的課題，不知性傑如何看待？

凌性傑

我喜歡「重拾」這個概念，那是延續往日美好的方式。

說實話，我一直不相信破鏡重圓、重修舊好這樣的話語，當破壞已經發生，這當下最極致的善意很可能是彼此緘默、不念舊惡而已。我曾遭遇造謠、中傷、算計，做這些事的正是我溫厚對待過的人。許多「決定性的瞬間」已經刻下印記，人際倫理有了裂變，我唯一能做的是清理傷口，靜待結痂癒合而已。畢竟，錯誤一旦造成，再多的道歉、彌補，都不可能讓情感安好如初。於是，我佩服能夠妥善處理誤會、了結恩仇的人，更佩服心念澄明沒有罣礙的人。

讀了張愛玲死後二十五年「被」公開的書信集，覺得私訊曝光實在太恐怖。現代人常做的截圖外流，尤其令我毛骨悚然。宋淇、張愛玲書信中的真心話，讓我明白人生的真相有許多不堪入目的地方。如果沒有藝術化的眼光，如果不跟這些難堪保持距離，生活會很難熬。今年中元節普渡，我想回高雄老家趁機把涉及隱私的舊日書信都燒了。殊不知時間沒算好，回去時已經錯過普渡。

刪除掉這些不愉快的小疙瘩，我的中年時光其實很平和、很悠然，把時間花在值得的人事物上面。慢慢摸索才發現，繁複的人情裡，趨吉避凶之道就是只跟好人往來，只跟相處得舒服的人聚會。內心厭惡卻不得不如此的關係，以及虛浮的交接，應付過去就好。因此，更加珍惜身邊的好人，默默把責任扛在身上。我很喜歡「照顧」身邊的人，在來得及的時候盡力地付出。照顧到後來，不管有沒有血緣，能夠長時間同桌吃飯的都是親人了。有許多朋友、學生就是這樣成為我的親人，這使得生有可戀，心裡有牽掛。

親愛的曉楓，關於老與死的問題，我受益於上野千鶴子、芭芭拉．艾倫瑞克（Barbara Ehrenreich）提出的見解。上野千鶴子《一個人的老後》、《一個人的老後男人版》、《一個人的臨終》書裡有很多實用的生活技術，包括心理的調適、財務的管理、社會福利的照應。優雅地變老、優雅地死去，可能是現代人生命故事最好的結局。上野千鶴子提醒，老了之後可以沒有性伴侶，但一定要有可以吃飯聊天的朋友。

慶幸我們都擁有一些質感絕佳的酒飯朋友。

芭芭拉．艾倫瑞克的《老到可以死》，書名很聳動，副標題是一則強而有力的提問：「對生命，你是要順其自然，還是控制到死？」我很欣賞芭芭拉．艾倫瑞克的豁達，她說：「變得老到可以死了，是一項成就，不是挫敗，而這份死不足惜的自由，值得大肆慶祝。」我想，盡力而為，順其自然，這樣就可以了。

石曉楓

親愛的性傑，真高興讀到你這些文字，有這樣的機會，讓對話與傾聽成為一種共感與分享，也是中年人該學習的功課。關於老的議題，你年紀比我小，卻遠比我豁達太多。有一陣子我常在探視父母途中，道遇郭強生，他也正在看望父母返家路上，我們笑稱這就是中年人的行進路線。從簡媜的《誰在銀閃閃的地方，等你》，到張曼娟《我輩中人》、郭強生《何不認真來悲傷》及鍾文音《捨不得不見你》，我在作家的文字與自我生活的實踐裡，一步步領會中年人生的轉變，一如你所言，各種痠痛與增長，確然只有自己知道。

在人生的下半場，或許我們真該亮出陳年檔案，按下滑鼠的「重新整理」鍵，認真地排序，什麼是可以放棄割捨，失去亦不足惜者？又有什麼是值得珍視，可以為之等待甚至退讓者？我們面對了更多照顧與承擔的責任，但也應堅持一定的優雅與尊嚴，這是大人品格與氣度的體現。

金門總兵署後院，曾有一株如鄰人般的百年老樹，年輕時我喜歡看木棉「啪」一地一聲紅花墜落，有一種提刀上戰場的決絕，也有一種亮烈崩壞之美。但有一回同學提到，小時候乾媽總會撿拾木棉掉落的棉花，曬乾了好做枕頭，他回憶起這株老樹時的情調，竟是如此溫暖。同學又說了，轉眼人都老了，這株木棉還是充滿生命力。這就是了，它終究挺立如昔，表徵了一種剛強又柔軟的生命姿態。青春撩亂時代，我想，若能多點溫暖的體恤，何至於彼此決絕隔山岳？中年時分，思此木棉姿態，真真是別有滋味。

——原載二〇二〇年十二月八日《聯合報・聯合副刊》

九　歌　文　庫　1391

跳島練習

國家圖書館出版品預行編目（CIP）資料

跳島練習／石曉楓著．-- 初版．-- 臺北市：九歌出版社有限公司，2022.10

面；　公分．--（九歌文庫；1391）

ISBN　978-986-450-488-6(平裝)

863.55　　111014068

作　　者——石曉楓
責任編輯——張晶惠
創 辦 人——蔡文甫
發 行 人——蔡澤玉
出　　版——九歌出版社有限公司
臺北市 105 八德路 3 段 12 巷 57 弄 40 號
電話／02-25776564・傳真／02-25789205
郵政劃撥／0112295-1

九歌文學網　www.chiuko.com.tw

印　　刷——晨捷印製股份有限公司
法律顧問——龍躍天律師・蕭雄淋律師・董安丹律師
初　　版——2022 年 10 月
定　　價——340 元
書　　號——F1391
I S B N——978-986-450-488-6（平裝）
9789864504855（PDF）